Beppe Fenoglio
L'imboscata

Nuova edizione
A cura di Dante Isella

Einaudi

© 1992 e 2001 Giulio Einaudi editore s.p.a., Torino

Prima edizione «Gli struzzi» 1992

www.einaudi.it

ISBN 88-06-15308-0

L'imboscata

Richiesto di un contributo a una miscellanea di scritti partigiani, Beppe Fenoglio nel 1961, come già due anni prima con *Il padrone paga male* (cap. 10), non esitò a dare alle stampe, come racconto autonomo dal titolo *L'erba brilla al sole*, i capitoli 13 e 14 del suo romanzo, togliendoli materialmente dallo scartafaccio originale. In questa seconda edizione dell'*Imboscata* essi hanno ritrovato la loro esatta collocazione, colmando la piú vistosa lacuna dell'edizione precedente.

I

Perez portava una tuta turchina e scarpe da pallacanestro. Come ogni mattina si era rasato a zero e si era diretto al comando come all'ufficio. Aveva ventinove anni ed era il comandante del presidio di Mangano.

Al comando si trovava già Leo e pasticciava alla macchina per scrivere. Leo era il vice di Perez e aveva ventitre anni. Indossava farsetto mimetico, cavallerizze cachi con applicazioni di cuoio giallo e stivali di ordinanza del fu regio esercito italiano. Farsetto e stivali erano appartenuti fino a un mese addietro a un sottotenente della Guardia Nazionale Repubblicana.

– Ciao, comandante, – disse Leo. – Vuoi due dita di questa sottospecie di pernod?

– Fossi matto.

– Sigaretta inglese?

– Nemmeno.

Leo accese una Craven e disse con la prima boccata:
– Difficilissimo credere che sei stato aviatore.

– Perché?

– Non hai vizi, sei eccessivamente privo di vizi.

– Chi ti ha messo in testa che gli aviatori siano dei depravati?

– Viziati senz'altro. Tu non immagini quanto ce l'avessimo su con voialtri nababbi dell'aeronautica noi ufficialetti dell'arma primogenita e miserabile.

– Purtroppo, – disse Perez, – che io sia stato aviatore lo sa un caccia inglese. Fu sopra Malta. Un Hurricane.

– L'hai mai raccontato a qualcuno della missione inglese?

– Una volta, al capitano Saunders.

– E che faccia fece?

– Una specie di ghigno. La RAF deve stargli sulle corna.

– Allora tutto il mondo è paese, – scherzò Leo.

Perez si era addossato alla scrivania e stava esaminandosi le suole. Annetteva molta importanza, Perez, allo stato delle calzature. Fumando Leo lo sbirciava e ancora una volta pensava a quanto gli era attaccato. Pignolo sí, talvolta anche querulo, non abbastanza aperto da ammettere che una guerra civile vuole una certa dose di irregolarità, ma appassionatamente serio e pulito. Pulito nell'alto senso: pulito in sé e detergente per gli altri. Si disse che gli sarebbe piaciuto, anni dopo la guerra, raccontare ai figli di Perez com'era Perez allora. Si disse che sí, la peggior disgrazia che potesse capitargli era di restar separato da Perez. La sua eventuale promozione a comandante di brigata non rappresentava un pericolo perché Perez l'avrebbe indubbiamente voluto accanto a sé. L'unico possibile guaio era che Perez incassasse una pallottola di quelle definitive.

Dalla stanza accanto venne il raschio di avviamento di un disco e poi le prime note di «Fiorin Fiorello».

– Jack! – strillò Perez arrossendo.

– Sí, capo? – rispose la voce di Jack.

– Ferma quel disco e chiudi quel maledetto grammofono.

– Sí, capo, – e si sentí la musica smorire gutturalmente.

– Tutta notte l'hanno fatto andare con quei dischi scemi, – disse Perez con una punta di querulità. – Troppi minorenni, questo è il fatto.

CAPITOLO PRIMO

Leo allargò le braccia. – Che ci vuoi fare, se i veterani se ne stanno a casa o addirittura sono dall'altra parte?

Perez non obiettò e Leo proseguí. – E quei quattro gatti di anziani che sono saliti a dare un'occhiata preventiva sono tutti scappati terrorizzati dalla vista di tanti minorenni? Che ci vuoi fare, Perez? Circolo chiuso.

Tacquero per un po'. Leo aveva sfilato dalla tasca una scatola metallica piatta e ora sceglieva in tutto un assortimento di sigarette inglesi. Finalmente prelevò una Capstan ma tardava ad accenderla. Scoppiò una sparatoria, nella conca sotto il comando. Una squadra stava provando i Remington dell'ultimo lancio.

Allora Leo accese la sigaretta e disse: – Perez? Solo due mesi fa avresti detto che saremmo arrivati ad avere un poligono e a fare i tiri d'istruzione a sei chilometri in linea d'aria da loro?

Perez scosse la testa. – Non mi fido.

– Questa è la situazione.

– Io non mi fido. E la situazione non mi lascia dormire.

– Che stai dicendo?

– Dico che è una situazione pericolosissima, in quanto ci porta a sopravvalutare noi stessi e a sottovalutare i fascisti. Manchiamo di collaudo. Non siamo forti, non siamo solidi, inutile contarci balle tra noi. E i fascisti non sono deboli. Soltanto, per nostra provvisoria fortuna, non hanno ancora trovato la giusta distribuzione delle forze. Vedi il loro reggimento di Valla. Fa schifo, fa pietà. Se appena ci convenisse lo scopiamo via come niente. Guarda invece la loro guarnigione di Marca. È di prim'ordine sotto ogni rapporto. Io credo che darebbe filo da torcere a un reggimento inglese o americano. Se la guarnigione di Valla somigliasse a quella di Marca solamente nelle unghie ci schiaccerebbero come una noce. In questo momento, secondo me, il loro comando sta appunto cercando la giusta distribuzione delle forze. La troverà e allora farà un'unica e piú che sufficiente operazione. Per me l'epoca dovrebbe essere l'autunno. Novembre piuttosto che settembre, secondo me. Calcola inoltre che sino ad oggi non hanno avuto dai tedeschi il minimo appoggio. L'aggiunta di un battaglione tedesco ai loro due reggimenti ci manderà tutti in polvere. E questo aiuto i tedeschi glielo dovranno pur dare in questo settore.

Echeggiò una nuova salva nella conca.

Perez sospirò e disse: – Oggi è il 15. Quando paghi? I fondi ci sono?

Leo grinned. – Se ci sono! Mai stati tanto ricchi. Il cassiere divisionale dice che nuota nei milioni.

– Io non mi fido, – ripeté Perez.

Al posto di blocco all'entrata del paese si discuteva ad alta voce. Leo andò alla finestra a vedere e Perez lo seguí con lo sguardo, disapprovando gli stivali.

– Non vogliono lasciar passare un tale, – avvisò Leo. – Un contadino. Direi il classico tipo che viene a protestare per la requisizione del vitello.

– Facciano passare, – disse Perez.

Leo trasmise l'ordine e poi andò a sedersi alla macchina per scrivere.

L'uomo che entrò era un contadino sui quarantacinque anni, quasi albino, di un tipo fisico non comune da quelle parti. Portava al collo una sciarpa di seta bianca col nodo fermato da un anello d'oro. Cercava del comandante Perez.

– Parli al comandante Perez, – disse Leo ammiccando verso la scrivania e l'uomo guardò leggermente incredulo all'ufficiale in tuta da meccanico. Il bordo della scrivania nascondeva il cinturone e la pistola.

– Una sedia, – disse Perez che aveva per i civili una quantità di riguardi.

CAPITOLO PRIMO

Leo gli passò la propria e andò ad appoggiarsi, a braccia conserte, al davanzale della finestra che dava sul posto di blocco.

L'uomo cominciò: – Voi non mi conoscete ma io sono patriota quanto voi e appunto perché sono anima e corpo dalla vostra parte sono venuto a dirvi una cosa che può avere la sua importanza.

– Come ti chiami? – domandò immediatamente Leo.

– Non potete farne a meno? Se facessimo cosí. Se quel che vi dirò non vi soddisfa o vi insospettisce allora vi darò il mio nome e cognome. Va bene cosí?

– D'accordo, – disse Perez prevenendo Leo.

– Piú importante del mio nome mi sembra la mia località. Io ho la casa a San Quirico.

San Quirico era una frazione rurale di Marca, separata dalla città da una sola collina, delle piú basse. Cosí come stavano le posizioni in quell'estate 1944 San Quirico era nel cuore della terra di nessuno.

Leo aggirò l'uomo per averlo tutto di fronte e gli domandò se aveva occasione di vedere Marca.

– Di tanto in tanto, – rispose. – Qualche volta non resisto alla tentazione e salgo la collinetta. Lassú mi riparo dietro il tronco di un albero e guardo giú alla città. Avessi un binoccolo, ma di movimenti ne noto ugualmente. Le ronde sul viale di circonvallazione, la libera uscita sulla piazza grande, l'arrivo dei rifornimenti sul ponte...

– Se la passano piuttosto comoda, eh? – osservò Leo. – Ma non ne hanno piú per molto. Lascia che gli inglesi ci lancino i mortai pesanti e li faremo ballare dalle colline, ballare notte e giorno.

Perez domandò se a San Quirico ci capitavano.

– Qualche volta. L'ultima volta quindici giorni fa. Vengono a pattuglioni, qualche volta un plotone intero. Mi piacerebbe vedeste una volta i versi e le smorfie che fanno per entrare. Si coprono dietro gli angoli, ballano sulle gambe come non potessero trattenere il piscio, si fischiano, spazzano col calcio del fucile ogni cespuglio e ogni mucchio d'immondezza. E se una gallina dà una raspata si sbattono tutti per terra.

– Male non ve ne fanno?

– Perché non trovano. Trovassero un bossolo vuoto o un vostro berretto ci farebbero vedere le stelle a mezzogiorno. Pensate che ogni squadra gira col necessario per dar fuoco. Non è benzina o petrolio, come si crederebbe, è una polvere speciale che somiglia allo zolfo. Ma non trovano mai niente e sí che per frugare frugano. E allora si sfogano a schernirci con voi partigiani, con Badoglio e con gli inglesi.

– E voialtri?

– Noialtri si sta a sentire per forza maggiore, tutti in fila, tutti zitti zitti e a testa bassa, dentro di noi pensando al giorno che saranno tutti morti fucilati e impiccati. Perché non se ne salverà uno, voglio sperare. A proposito, è ancora lontano quel benedetto giorno?

Leo era ancora troppo interessato a Marca. – Dimmi qualcosa di piú di Marca.

Il contadino si dimenò sulla sedia. – Che altro posso dirti, ragazzo mio? Tutto ciò che so l'ho veduto da lontano, dalla punta di una collina.

– Non scendi mai in città? I mercati non ti interessano piú?

– Prima cosa, – rispose, – non esiste piú un mercato vero e proprio. E poi io trascuro volentieri il mio interesse pur di non vedere quei galeotti dei posti di blocco. Il cittadino che ha bisogno della mia roba viene lui da me, i posti di blocco se li passa lui.

– È vero, – insistette Leo, – che la guarnigione è allog-

CAPITOLO PRIMO

giata metà nella vecchia caserma della fanteria e metà nel Seminario Minore?

– Questo l'ho sentito dire anch'io, – confermò il contadino. – Pensiamo che destinazione hanno data al Seminario.

Leo grinned. – Che gli inglesi ci lancino gli Stokes. Grazie a Dio, caserma e seminario sono due bei casoni. Li centreremo ad occhi chiusi.

– Tutto ciò è molto interessante, – disse Perez; – ma tu non sarai venuto per discorrere di Marca.

L'uomo si ricompose sulla sedia. Aveva la fronte già madida di sudore.

– Si tratta di una donna, – rispose a Perez. – Si tratta della maestra che abbiamo a San Quirico.

– Che c'entra? – domandò Perez che aveva subito arricciato il naso.

– C'entra sí, perché debbo denunciarvi che la nostra maestra riceve un ufficiale fascista.

– Porca, – bisbigliò Leo.

Il contadino si rigirò vivamente verso Leo. – Speriamo lo sia. Se è soltanto una porca siamo tutti tranquilli. Ma se fosse una spia?

Perez si passò una mano sulla fronte. – Che tipo è l'ufficiale?

– Di preciso non saprei dire. Giovane senz'altro. Non posso dire perché arriva sempre verso scuro.

– Viene spesso?

– No, di rado viene. Ma è lei che va sovente a Marca. La strada è abbastanza corta. Una collina ed è fatta.

Perez domandò di quando fosse l'ultima visita e il contadino disse di una settimana fa.

– Un momento, – fece Leo. – Che cosa ci fai bere? Siamo di giugno, le scuole sono chiuse.

L'uomo non si scompose. – È vero, ma lei alloggia nella

scuola. Non fa vacanza, o la fa nei nostri posti. Evidentemente non ha dove andare.

– Che tipo di donna è? – domandò Perez.

– Straordinario.

– Che significa? – disse Leo.

– Un tipo non ordinario, voglio dire, e non solo per le nostre parti. Non pare nemmeno una maestra. Una professoressa pare. Questa guerra ha davvero sbattuto la gente piú impensata nei posti piú impensati.

– Quanti anni?

– Venti e non di piú.

– Ah. E com'è?

– Di persona? Una vera bellezza.

Leo si accigliò. – Una vera bellezza?

– Voglio dire una di quelle bellezze sulle quali tutti gli occhi sono d'accordo.

– Ho capito, – disse Perez. – Peccato lo faccia con loro.

– Dio voglia si fermi a far quello, – disse l'uomo passandosi sulla fronte un fazzoletto giallo. Faceva molto caldo.

– Tu dici che è bellissima, – riprese Leo.

Leo non beveva i contadini come il buon Perez, Leo si atteneva al principio opposto, ne diffidava a priori. L'uomo era ancora giovane e maschio, probabilmente abbastanza possidente da permettersi vizi e capricci. Forse aveva abbordato la maestrina bella, quella ovviamente se l'era subito scrollato ed ora lui, con la scusa della causa, cercava di fargliela pagare in via politica. Succedeva.

– Ripetimi quanto è bella, – disse Leo piantandogli gli occhi addosso.

– E va bene. Torno a dirti che è bellissima, – e Leo si rialzò, perché l'uomo l'aveva detto calmo, quasi sorridendo, certamente senza sofferenza.

Perez si innervosí. – Quante volte deve dirti che è bella? Questo è stabilito. Ora stabiliamo il resto, cioè che cosa glielo fa fare.

Si massaggiò la fronte e intanto pensava: «Odio questo genere di cose». Poi disse: – Ammesso che sia una spia, che lavori per loro, che cosa è in grado di riferire?

– Che cosa può sapere di noi, delle nostre posizioni, dei nostri movimenti? – chiarí Leo.

– Non molto, direi, quasi nulla. Voi non battete San Quirico, salvo qualche uomo isolato.

– Si sposta?

– Va sovente a Marca, ve l'ho detto.

– E dalla parte opposta, cioè verso di noi?

– Non direi. Non l'ho mai vista prendere per le colline alte. Va a spasso verso il fiume, ma quella è una parte che al momento non è né vostra né loro.

– Sicché di noi può sapere solo quel che si sogna, – concluse Perez.

– Un momento, – reclamò Leo. – A Travio non è mai arrivata?

Travio era il loro primo avamposto verso Marca, alto sulla valletta di San Quirico. Da Travio partiva l'allarme generale ogniqualvolta i fascisti uscivano in forze da Marca. Ma al contadino non risultava che la maestra si fosse recata o si recasse a Travio e – importante per Leo – nessun bambino di Travio frequentava la scuola di San Quirico. I bambini si fanno cantare facilmente e ne sanno piú dei grandi perché sono infinitamente piú osservatori. Nessun adulto, questo per Leo era acquisito, sapeva e si intendeva di partigiani quanto il piú tardo e il piú miope dei ragazzini.

Perez tamburellò la scrivania con una mano. – Per me è nient'altro che una donna calda.

– Dio voglia che sia cosí, – disse il contadino. – Se non

c'è altro sotto ho persino fatto male a parlarvene –. Dal tono si sentiva benissimo che desiderava una smentita.

Leo tacque, ma Perez disse: – Niente affatto. Hai fatto benissimo. Non si sa mai. Alle volte grandi disastri nascono da piccole porcherie come questa. Hai fatto benissimo.

– Allora vi dirò un'altra cosa, – disse l'uomo. – Io ho un nipote arruolato nella Stella Rossa. Le mie preferenze sono per voi badogliani ma il figlio di mia sorella sta coi rossi. Avrei potuto parlarne a questo mio nipote che è distaccato appena oltre il fiume e col natante sarebbe potuto arrivare in meno di un'ora. Ma poi ho pensato: meglio che ne parli ai badogliani. Voialtri azzurri siete piú ragionevoli. I rossi, a quel che si sente in giro, la fanno subito grossa.

– Sí, quelli non fanno complimenti, – disse Leo.

– Non ci metterebbero niente a farla fuori, e sarebbe un po' grossa per una che, a quanto sembra, ha solo il sangue caldo.

Una vespa era entrata per la finestra e ronzando esplorava la stanza del comando. Faceva molto caldo.

– Per quanto, – riprese l'uomo, – non l'ho mai vista scherzare coi nostri giovanotti. Va bene che con loro sarebbe mezza sprecata... – e fece la mossa di alzarsi.

– Aspetta, – disse Leo. – Non ci hai detto come si chiama.

– È vero. Si chiama Edda. La signorina Edda.

– Edda e poi?

– Ferrero. Edda Ferrero.

Perez si alzò e con lui si alzò il contadino.

– Puoi andare. Noi qualcosa faremo.

– Che cosa farete, se posso chiedere?

– Noi... noi la diffideremo. Senz'altro. Come prima misura la diffideremo.

Il contadino pareva soddisfatto e rasserenato.

CAPITOLO PRIMO   13

– Ma tu riferiscici, – aggiunse Leo, – se succede qualche fatto da giudicarla qualcosa di peggio di una puttana.

L'uomo promise e poi disse: – Venendo su, scusatemi, i vostri posti di blocco mi hanno fatto soffrire. Lo sapete meglio di me. Da dove vieni, dove vai, che cosa hai da dire a Perez? Se mi faceste un bigliettino.

– Ma certo. Leo, battiglielo un momento. Dopo Travio distruggilo.

Leo infilò una velina in macchina, mentre l'uomo sorrideva e si strofinava le mani. – Siete molto bene organizzati, se Dio vuole.

– Certo, – disse Perez, – e lo saremo sempre di piú ogni giorno che passa. Dillo ai tuoi vicini che siamo organizzati e forti e che vinceremo noi.

– Lo dirò, ma non ce n'è bisogno. Siamo tutti persuasi che vincerete voi. Siamo tutti patrioti.

Quando il contadino se ne fu andato Leo accese la terza sigaretta.

Disse Perez: – Non è un problema. Le prude e purtroppo si fa grattare da un fascista.

– Sí, – tossicchiò Leo. – A te secca?

– Pochissimo. E a te?

– Niente. Diceva però che è una vera bellezza. Bisognerebbe vedere.

– Appunto. Perché non ci vai di persona?

– No, grazie. Dici per la diffida?

– Qualcuno dovrà pur fargliela e io non vedo altri che te. Mi ci vuole uno che io sia sicuro che non colga l'occasione per scaricarsi i tubi.

– No, Perez, mi spiace. Non ti ho mai detto di no ma mi rifiuto di correre il rischio di incocciare un loro pattuglione mentre vado a diffidare una donna dal far l'amore con un fascista che, dopo tutto, sarà di suo gusto.

– In altre parole suggerisci di non farne niente?

– Ma sí, – disse Leo. – Siamo azzurri non per niente, no? E dunque siamo eleganti, siamo superiori.

Leo si era avvicinato alla finestra e guardava in cielo. D'un tratto girò la testa e disse: – Vieni a vedere, Perez, vieni ad avvelenarti.

Perez andò e nel riquadro di cielo indicato da Leo vide un centinaio di fortezze volanti. Volavano in direzione nord-est, in formazione compatta, balenavano al sole e si lasciavano dietro scie di denso vapore bianco. L'altitudine era tale che in terra non arrivava un filo del loro rombo. Poi Leo abbassò la testa perché il riverbero si era fatto insopportabile.

– Vista l'America? Che ne dici, Perez? Chissà dove andranno.

– Sono pieni di bombe da crepare. Andranno a sganciare sull'Austria o sulla Germania meridionale.

Allora Leo riguardò in cielo e bisbigliò alle fortezze volanti: – Andate e sganciate. Distruggete tutto, ammazzate tutti, cancellate la Germania dalla faccia della terra.

Si scostarono dalla finestra, dei quadrimotori non rimanevano che le scie di vapore condensato.

– Grandissimo modo di fare la guerra, eh? – sospirò Perez. – Dio come debbono sentirsi importanti. Pensa, hanno città intere ai loro ginocchi, stasera saranno certamente sul bollettino... Se pensiamo a noialtri quaggiú...

– Noi siamo importanti quanto loro, – disse Leo. – Io cosí la penso.

– Guai se non la pensassimo cosí.

– E non siamo i soli a pensarla cosí, – continuò Leo. – Sai che cosa si dice abbia detto il maggiore Boyle della missione inglese? Che a fare il soldato negli eserciti regolari sono capaci tutti, ma il partigiano è un mestiere da élite. E se lo dice Boyle...

Non pensavano piú alle fortezze volanti e Perez domandò dove si trovasse Milton.

— Comanda la guardia al fiume, — rispose Leo. — Teoricamente almeno.

— Dove diavolo è stato in questi ultimi due giorni?

— Chiedilo al diavolo. Se però ti serve Milton, mando Jack al fiume col sidecar e te lo faccio riportare in mezz'ora.

— No, non mi serve sul momento.

— Non penserai mica a Milton per quella diffida?

— Eh?

— Dico che Milton non è l'uomo adatto. Direi che è l'ultimo...

— Chissà. Sappiamo come Milton tratta gli uomini. Come le donne ancora non sappiamo. O sai qualcosa?

— Assolutamente niente.

— Ah. Comunque sta' tranquillo, Leo. Mica cercavo Milton per la diffida.

2

C'era molto spazio libero nella grande stalla perché essendo estate tanti dormivano nei fienili o addirittura sotto le piante.

Leo si fece strada tra i buoi, si appoggiò alla greppia e si sfilò gli stivali. Sorrise di Perez che li disapprovava. «La velocità, caro Leo, per un partigiano è tutto. Lancia e scudo ad un tempo. Ora, non c'è cristo in terra che sappia correre decentemente con gli stivali ai piedi». In linea generale Perez aveva ragione, ma ora non era piú il caso di correre tanto, la raccomandazione semmai valeva per lo scorso inverno o per quello venturo. Ma Leo era convinto che non ci sarebbe stato un altro inverno, almeno per quanto riguardava la guerra.

Si assicurò di aver posato gli stivali fuori del raggio degli schizzi dello sterco delle bestie, poi volteggiò nella greppia e ci si distese con le mani intrecciate dietro la nuca.

Tossiva. Nella stalla c'era sí caldo umido ma Leo sapeva che c'entrava poco o niente. «Fumo bestialmente. Troppo catarro. Ma se non fumassi starei male ugualmente. Come un uncino piantato nella bocca dello stomaco. Tutto questo diluvio di sigarette inglesi. Lo faccio anche per ripagarmi dell'inverno passato, quando non c'era tabacco e per la voglia di fumare mi venivano spesso le lacrime agli occhi».

Facevano spedizioni armate quando sapevano che al

paese tale arrivava dalla pianura l'assegnazione di tabacco e la spartivano coi borghesi. «Debbo dire che non li trattavamo troppo equamente i borghesi. Ma anch'essi non si lasciavano calpestare troppo. La necessità del tabacco rendeva cattivi e imprudenti. In una di quelle comandate per il tabacco ci lasciò la pelle Tom. Chi eravamo? Io, Tom, Tino e Sandokan che subito dopo passò alla Stella Rossa. Loro ci aspettavano proprio dietro la privativa di Moraglia. Era la squadra volante del comando di Bleva. Erano già in gamba, sebbene molto inferiori a questi giovani RAP di adesso. A venti metri dalla privativa ci spararono dalle finestre e, fatto strano, colpirono solo Tom. È certo che mirarono a tutti e quattro, ma le raffiche le incassò tutte Tom, sufficienti ad ammazzarlo cinquanta volte. Me lo ricordo sulla neve, immobile, piccolissimo. Io rotolai sul ghiaccio e finii riparato dietro l'angolo del castello. Tino si arrese. Lo risento urlare. Urlava non come se li scongiurasse di non sparlarlo, ma come gli ordinasse di accettarlo prigioniero. Sandokan non saprei dire come se la cavò, non lo rividi piú. Tino mi aspettavo lo fucilassero sul posto, aveva il moschetto a tracolla, invece lo pestarono soltanto e poi lo legarono al cofano di una autoblindo, a testa in giú. Mi ricordo come si dibattevano per aria i piedi di Tino. Avrei dovuto spargli. Milton lo avrebbe fatto. E avrebbe sbagliato. Perché Tino la scapolò. Nel ritorno a Bleva il motore dell'autoblindo si guastò, nessuno di loro sapeva dove mettere le mani, Tino gridò che lui ci sapeva fare, che nella vita era meccanico, gli credettero e lo slegarono. E come fu slegato fece l'intontito per qualche minuto, dicendo che aveva il cervello ingorgato di sangue, e in quei minuti scappò. Conosceva benissimo il pendio e lo sfruttò da campione. Per quanto gli sparassero non lo beccarono piú. Rientrò alla base la sera stessa. Aveva nove tagli da pallottola nella divisa, uno nei mutandoni, e aveva perduto la parola. Lo facemmo bere, gli demmo un'infinità di pacche sulla schiena, un disgraziato gli buttò tra i piedi una bomba senza detonatore per fargli passare lo spavento con un nuovo spavento, ma non servì. Solo l'indomani tardi riacquistò l'uso della parola».

Si sollevò su un gomito, estrasse la scatola piatta e accese una sigaretta. – Vogliamo dar fuoco? – disse un ragazzo da un angolo della stalla, ma alla luce del fiammifero riconobbe il tenente Leo e non parlò piú.

«Poi i fascisti della pianura capirono che il tabacco finiva a noi partigiani e troncarono le assegnazioni. I borghesi si misero a fumare un'erba secca, dal fumo verde, con un gusto medicinale. E per il bisogno di fumare io piangevo come un bambino».

Tirò due, tre profonde boccate senza tossire. «Non ci sarà un secondo inverno. Dio fascista, non dovrà esserci. Il meno che possa capitarmi in un altro inverno è la tbc. Molto meglio crepare di mitra che ritrovarmi tisico marcio all'esplodere della pace. Sí, la pace esploderà come nessuna guerra è mai esplosa. Ma non ci sarà un altro inverno. Finirà prima, finirà entro novembre a voler esagerare. Dieci giorni fa gli alleati hanno preso Roma. È vero che l'Appennino tosco-emiliano può essere una pacchia per i tedeschi, se vogliono ci fanno un altro Cassino. Ma dovrebbero non poterne piú. Questi formidabili pecoroni. In Normandia le buscano enormemente. E poi cederanno in Germania, il collasso avverrà al centro. Tutto il mondo concorre. Oggi ho visto le fortezze volanti puntare sulla Germania. Spero abbiano ammazzato anche le donne e i bambini. Per novembre sarà tutto finito. E poi che faremo? Dio santo, poi che faremo?

«Dieci giorni fa hanno preso Roma. Di Roma come Roma me ne sbatto l'anima. Ne ho preso atto con piacere perché è un altro passo avanti, ma a me interessa unica-

CAPITOLO SECONDO

mente il Nord, per me la sola Italia è l'alta Italia. Per ottobre dovrebbero essere sul Po, o sono dei bei brocchi».

Entrò Milton che tornava dalla guardia al traghetto.

– Ciao, guardiacoste, – disse Leo esagerando il tono della sonnolenza.

Milton posò la carabina. – Che è successo oggi?

– Niente. E ti posso anticipare domani. Anche domani succederà un corno di niente. Il vecchio Pan direbbe che è un grande risultato.

Pan era l'aiutante maggiore della divisione ed era detto vecchio perché aveva trentatre anni.

– Teorie, – disse semplicemente Milton. Si era tolta una scarpa mostrando che portava una fasciatura di garza al posto delle calze.

– Se il vecchio Pan ha ragione, – riprese Leo, – ogni giorno che noi ci annoiamo, i fascisti fanno un gigantesco passo verso la tomba.

– Teorie, – ripeté Milton. – Ma se in quel medesimo giorno in cui loro non fanno niente noi combinassimo qualche piccola cosa non ti pare che quel loro passo verso la tomba risulterebbe leggermente piú gigantesco?

Milton prese ad occhio la misura dello spazio tra i piedi di Leo e la fine della greppia. Ci sarebbe stato giusto.

– Leo? Domani ridammi la guardia al fiume.

– Niente di piú facile. Ma che è questa idrofilia?

– L'acqua corre, – rispose Milton, – l'acqua si muove. Mai visto niente di piú fermo di una collina.

– Capito, – disse Leo. – Ma se ti piace tanto il movimento... Ehi! Da dove esce quello splendore di canottiera?

– Dal bidone della missione inglese.

– Boyle te l'ha regalata?

– McGrath.

– Se non sbaglio, è il sergente. È scozzese?

– Leggermente.
– Toglimi una curiosità. Che cosa contengono questi famosi bidoni riservati?

Milton sbuffò alla lunghezza dell'elenco.

– Fa' uno sforzo, Milton.
– Non so nemmeno da dove cominciare. Biancheria, medicinali, munizioni speciali, razioni, posta, libri giornali riviste, scarpe, preservativi, pigiama, dolci, binoccoli... Che cosa mi stavi dicendo?
– Che cosa? Quando?
– Prima. Parlavi di movimento. Ecco, mi hai detto: se ti piace tanto il movimento... – Intanto si era allungato nella greppia, con la testa che sfiorava i piedi di Leo.
– Ci sono, – disse Leo. – Se il movimento ti piace tanto, Milton, io conosco un punto dove la collina finisce e, diciamo cosí, frana. Tu mi capisci. Immagina ora dov'è il punto di franamento.
– Il posto di blocco alla porta nord di Marca.
– Bravo. Là c'è tutto il movimento che si può desiderare o temere.

Milton schioccò le labbra. – È impossibile. Il bunker è troppo ben messo. Batte non solo la stradale ma anche i prati laterali. Domina persino l'argine. Sta' fermo coi piedi, Leo.

– Inventi o descrivi con fondamento?
– Descrivo a vista.
– E come fai?
– Ci sono stato, un paio di sere fa. Maté mi ha portato a Travio col sidecar, da Travio sono sceso a piedi a San Quirico...
– Notato niente a San Quirico?
– No. Che ci dovevo notare?
– Niente. Ma siccome è la prima località fuori del nostro controllo...

CAPITOLO SECONDO

– Da San Quirico ho risalito l'ultima collina e l'ho ridiscesa per tre quarti. L'aria era già grigia, io scendevo con tutte le malizie, mi sono sdraiato dietro la ferrata e ho studiato il posto di blocco. Se ero armato? Non di carabina. Lí il semiautomatico non serve piú. Maté mi aveva prestato il suo sten.

– Quanto dista la ferrata dal bunker?

– Settanta, ottanta metri in linea retta.

Milton aveva sentito una tromba suonare. Probabilmente era per il rancio serale. Milton non conosceva i segnali con la tromba, non era mai stato militare. Doveva andare soldato nel gennaio del 1943 ma era riuscito a farsi riformare in visita straordinaria nel novembre 1942. «Giorgio, – gli disse il suo professore di filosofia, – se ti lasciavi invischiare nella guerra fascista, ti levavo la patente di uomo». Suo padre aveva dovuto sborsare una bella somma all'intermediario del colonnello medico. L'aveva fatto senza batter ciglio perché era ricco, era liberale e Milton era il suo unico figlio. Tecnicamente la riforma aveva presentato qualche problema. Milton era bello e perfetto, un longilineo ben muscolato, il classico cestista.

Un anno dopo suo padre moriva fucilato.

C'era stato subbuglio in città nel tardo novembre 1943. Di forza non c'era che una ridotta compagnia di carabinieri che collaboravano coi tedeschi. I bandi di reclutamento fascisti restavano lettera morta, la percentuale delle renitenze alla leva toccava il 95%, i carabinieri mandati alle case dei precettati trovavano soltanto padri che avevano fatto con onore la guerra del '15, mamme stanche e nonni ammalati. Allora arrestarono in massa i genitori di tutti i renitenti, certi che i figli nascosti si sarebbero consegnati per riscattarli. Il vecchio carcere mandamentale rigurgitava di brava gente incensurata. Dal carcere padri e madri fecero sapere ai figli che non li avrebbero piú considerati tali se si fossero presentati. Cosí restarono in prigione giorni e giorni, finché la gioventú cittadina ebbe vergogna di se stessa e dei fascisti. Una sera si adunò senza la minima intesa e marciò alla caserma dei carabinieri a chiedere la liberazione degli ostaggi. I carabinieri asserragliati nella caserma risposero di no. Allora essi ne chiesero la resa, buttando una bomba a mano e sparando qualche rivoltellata. La notte era cupa ed essi si finsero e si gridarono armatissimi, organizzatissimi e pronti a tutto. In realtà non c'era un capo e c'erano forse sei pistole, quattro doppiette e dodici bombe a mano distribuite fra duecento ragazzi. I carabinieri temporeggiavano e allora i ragazzi urlarono che li avrebbero sgozzati tutti. Ma pensavano solo alle chiavi del carcere. I carabinieri si arresero. Convinti di avere di fronte soldati ribelli della Quarta Armata, bene armati, ben comandati e rotti alla guerra, si arresero e consegnarono le chiavi. Cogli insorti dovettero andare alle carceri a liberare gli ostaggi. Attraversando la città si accorsero di aver ceduto a una ragazzaglia da contravvenzione, praticamente disarmata ed alla sua prima esperienza di forza e diventarono lividi per la vergogna ed il furore. I ragazzi non ci fecero caso, erano troppo felici di aver vinto, di avere pulitamente rimediato ad una situazione infame, troppo occupati a cantare a squarciagola «Fratelli d'Italia». Aprirono il portone e le celle, i secondini meridionali piangevano di paura e di consolazione – «pure a noi ripugnava custodire tanti galantuomini e gentilissime signore» – e badarono soltanto che non dessero il largo anche ai delinquenti comuni. Non finivano di abbracciarsi, ogni figlio aveva trovato cento genitori, ogni genitore cento figli.

Riconsegnarono le chiavi all'autorità e tutto pareva finito lí, senonché all'una di notte il capitano dei carabinieri telefonò alla federazione fascista al capoluogo. Durante le trattative l'ufficiale aveva puntato Giorgio e qualche altro con la sua torcia elettrica. Per non piú di un secondo perché il pugno di Giorgio era subito piombato sulla torcia.

All'alba dell'indomani le vie e le piazze brulicavano di armati fascisti, smontati da cinquanta camions, in eterogenee uniformi, o giovanissimi o piuttosto attempati. La popolazione ne rimase piú stupefatta che spaventata. Chi poteva pensare che a un paio di mesi dall'otto settembre i fascisti disponessero già di tanta forza armata? «Va' in villa, Giorgio, – gli disse suo padre, – e passa per la porta est che non è ancora bloccata». Ci era andato volentieri. Il suo bisogno di azione si era quasi tutto scaricato la notte avanti. E poi gli piaceva la campagna, il fiume vicino, il vento nei pioppi, il neutro cielo preinvernale. E si era portato le tragedie di Marlowe.

Stava traducendo da «L'Ebreo di Malta» quando arrivò l'avvocato di famiglia ad avvertirlo che suo padre era stato prelevato come ostaggio e trasportato con altri cinque cittadini al capoluogo su autocarro militare. «Ha lasciato detto che se ti consegnerai ti considererà un vigliacco. Non farti troppi rimorsi, Giorgio. La tua partecipazione ai fatti di ieri c'entra e non c'entra. Tuo padre era comunque sulla lista nera. Sappiamo che hanno agito su una lista di antifascisti compilata dal Segretario Politico dopo il 25 luglio. Tua madre ha conservato la calma. Mettiamoci in moto per farlo rilasciare al piú presto».

Ma all'alba dell'indomani suo padre venne fucilato davanti alla scarpata della stazione del capoluogo. Lui, un avvocato, un professore a riposo, un giornalaio, un operaio fonditore e un autista di piazza.

Milton ebbe una contrazione che lo schizzò con la testa contro i piedi di Leo.

– Che ti piglia? – si lamentò Leo con la voce spessa.

Qualche ragazzo russava forte.

Riprendendo: aveva sentito una tromba suonare, suonava nel cortile del Seminario Minore. La caserma della fanteria era dalla parte opposta della città. Subito dopo ci fu il cambio della guardia al bunker. Uno dei tre montanti era poco meno di un colosso e Milton smaniò: averlo, averlo! Poi aveva seguito con lo sguardo gli smontanti che rientravano al Seminario, finché le cataste della segheria glieli coprirono definitivamente.

Leo era sicuramente addormentato ma Milton disse ancora – Leo? È inteso che domani al fiume ci torno io.

3

Dalla rupe sull'ansa si staccavano di tanto in tanto pezzi di tufo e a ogni tonfo nell'acqua profonda gli uomini in cachi guardavano da quella parte. Poi si sentí lo strido dell'airone ma prima che girassero il capo l'uccello era sparito nella pioppeta sull'altra riva.

Jack era entrato nella prima acqua e stava lavandosi i piedi con molta cura.

Il barcaiolo non aveva lavoro, stava appoggiato alla battagliola, fumava e osservava Milton in particolare. Era il piú bel ragazzo che gli fosse mai venuto sotto gli occhi e sí che ne aveva visti di bei ragazzi dall'inizio della guerra partigiana. Lo colpiva, tanto era strano, il modo con cui Milton guardava ai suoi compagni di guardia. Non con disprezzo o degnazione o autorità, ma come si meravigliasse ogni volta di averli attorno. Per il barcaiolo Milton aveva su loro una superiorità enorme, visibile da un cieco. Per lui Milton aveva tutti i numeri per essere almeno comandante di un grosso presidio, invece non era nemmeno ufficiale ed ogni tanto comandava, senza neppure averne l'aria, quella miserabile guardia al fiume. Si vede, pensò il barcaiolo, che sotto c'è qualcosa, il di dentro di Milton non corrisponde al di fuori, e i grandi capi sono al corrente della magagna.

Ora Milton ce l'aveva con lui, gli faceva segno di guardare all'altra riva. Erano apparse sul greto due vecchie contadine e volevano essere traghettate. L'uomo lasciò la battagliola e si appese al cavo. Il natante si staccò dall'approdo.

Milton si era già disinteressato delle due donne.

[Sono di guardia al fiume anche Jack, Smith, Sceriffo e Maté. Jack, che dalla stanza attigua al Comando ha sentito senza volerlo la storia della maestra di San Quirico denunciata dal contadino, ne ha messo al corrente il suo compagno Maté. Ma per caso lo ha sentito anche Milton. Ora Maté, il piú anziano, racconta ai compagni episodi dei primi mesi della guerra partigiana da lui vissuta tra i garibaldini, rievocando il grande accerchiamento di tedeschi e fascisti a cui è miracolosamente sfuggito].

– Me l'hai già raccontato, – disse in fretta Jack.

– Se non ne fossi uscito non sarei qui a raccontarti della maestra. Jack, tu una certa anzianità ce l'hai, ma non hai ancora l'esperienza di un accerchiamento. È la cosa piú spaventosa, non c'è niente che ti fermi il sangue e le gambe come sentir gridare all'improvviso «Siamo circondati!»

– Sí, ma passa alla maestra, Maté.

Maté disse forte agli altri: – Venite a sentire la storia di una maestra. Una storia che merita. Una maestra fascista fino alle unghie ed io ero nella Stella Rossa.

Si accostarono quasi tutti.

– Non sapevo, Maté, che prima fossi nella Stella Rossa, – disse Gilera, il piú bambino di tutti. Aveva sedici anni scarsi.

– Ero nella ...ª brigata d'assalto Garibaldi, – precisò Maté. – Era una baracchetta. Parlo del gennaio. Oggi è una divisione di prima forza, ma allora era una baracchetta. La cosa piú grossa che avevamo era il bandierone rosso con falce e martello che mettevano al balcone del Comune, un bandierone cosí grosso che Mussolini poteva vederlo da Salò senza cannocchiale.

CAPITOLO TERZO

– Perché poi hai piantato la Stella Rossa?
– Perché gli ufficiali non avevano l'istruzione necessaria. Alla mia età...
– Alla tua età, – scherzò Smith.
Maté si fece serio. – Tu procura di arrivare a venticinque anni e allora capirai la differenza che c'è tra i venti e i venticinque. Alla mia età si dà peso all'istruzione. Quegli ufficiali non avevano nemmeno il mio grado di istruzione, e io mi sono fermato alla prima avviamento. Il comandante militare era un certo Max, si diceva capitano dei carabinieri ma poi si seppe che era un barbiere di Genova. Be', non stiamo a criticarlo, perché è già morto.
Disse Sceriffo: – Noi i commissari non li abbiamo, ma la Garibaldi li ha.
– L'avevamo anche noi a Monesimo, – disse Maté. – Mancavamo di tutto ma non del commissario. Si chiamava Némega. Bel nome di battaglia, eh? deve essere russo. Némega istruito lo era, Némega usciva certamente dall'università. Ma lí io non facevo piú questione di istruzione, lí la facevo di simpatia. E non ho mai incontrato uno piú antipatico di Némega.
Anche il traghettatore ascoltava, appoggiato alla battagliola.
– Gli piaceva parlare, godeva a sentirsi parlare, a ogni momento faceva suonare l'adunata per rifilarci un discorso. Ce li faceva in un prato esposto ai quattro venti, e bisogna sapere cos'è gennaio a Monesimo. Faceva lunghissimi discorsi dei quali capivamo poco e non ci importava niente. Dava sui nervi anche a Max, mi ricordo che batteva i piedi, mi ricordo che portava stivali di cuoio rosso, ma Max non poteva farci niente, perché Némega aveva un'autorità superiore, aveva dietro di sé la potenza del partito comunista.

Smith chiese se si poteva sapere che cosa precisamente fosse il comunismo.

– Mah, – fece Maté, e sí che io dovrei saperlo, perché Némega non parlava mai d'altro. Aveva requisito la scuola e ogni mattina ci dava lezioni di comunismo. Dovevamo andarci tutti, esclusi quelli di sentinella o di corvée. Io ci andai un paio di mattine e mi ci annoiai da morire. Ero anche demoralizzato e si comprende. Ero andato per fare la guerra e mi toccava fare lo scolaretto con le dita nel naso. Cosí la terza mattina non ci andai. E Némega mi mandò a prendere da Alonso, che era uno che aveva fatto la guerra di Spagna e si diceva delegado militar.

– Cos'è un delegado militar?

– Non so bene. Però la Spagna doveva averla fatta sul serio, su tre parole ne diceva una spagnola e anche senza saper la lingua capivi che non bluffava. Ma che avesse fatto la Spagna non era importante, era importante invece che era uno che ammazzava. Io gliel'avevo visto fare ma anche se non gliel'avessi visto fare capivo che era uno che voleva e sapeva ammazzare. Lo capivate dagli occhi, dalle mani, dalla bocca.

– Un tipo come Giulio, – disse uno.

– Peggio. Quindi non restai per niente tranquillo quando Alonso entrò nella baracca e mi ordinò di seguirlo. Dove mi porti? e lui mi disse qualcosa in spagnolo. Però non fifavo del tutto, per il fatto che non mi aveva disarmato.

– Giusto, – osservò Jack, – era un buon segno.

– Il fatto è, – disse Sceriffo, – che quando fifi i buoni segni non li afferri bene. – Sceriffo era stato preso dai fascisti e scambiato in extremis. – Quando io...

– Lascia finire Maté, – disse Jack.

– Alonso mi porta da Némega, mi aspettava dritto dietro la cattedra. Mi dice «Perché stamattina non sei venuto

CAPITOLO TERZO

zi, – raccomandò il barcaiolo. Sbarcarono e avanzarono verso la provinciale, Milton tirando diritto per la pietraia e Jack saltando dall'uno all'altro pozzetto di sabbia sporca.

Riuscirono sull'asfalto, qua e là sfondato, dappertutto sdrucito. Con le armi in posizione esplorarono a monte e a valle. Nessuno passava, nessuno era in vista.

– Sbrighiamoci, Milton, – disse Jack dopo un po'. – A me l'asfalto non piace.

– Ah no?

– No. Su una strada di campagna puoi farmi fare tutto quello che vuoi, ma l'asfalto non mi piace.

– Sei sicuro, Jack, che non ci sia asfalto per andare dalla maestra?

Jack si seccò. – Ma sei ancora fisso lí? Ti ho detto e giurato che la località non la so. Se ti interessa tanto chiedila a Perez e Leo. Loro te la diranno, ti considerano un loro parigrado. O forse non la chiedi a loro per paura che si mettano sull'avviso.

– Sull'avviso di che?

– Questo lo saprai tu. Non capisco proprio perché ti attacchi tanto a me per questa maestra.

– Fischia alla barca, – disse solo piú Milton.

Jack si cacciò due dita in bocca e fischiò verso il fiume.

Tornando all'acqua Jack disse: – Dispiace non poter dare soddisfazione a uno come te, Milton. Se vuoi, ti dico il nome di lei. Questo l'ho afferrato bene. Edda si chiama. Come la figlia di Mussolini.

Ripassarono il fiume e Milton disse a Jack di dare al traghettatore due sigarette inglesi. E il barcaiolo disse: – Queste me le fumo una dietro l'altra. Se i fascisti mi beccassero con queste in tasca mi fucilano sul posto peggio che se mi tirassi dietro un cannone.

Sul sentiero Jack si riavvicinò a Milton. – Ancora un particolare posso darti. Dalla descrizione non è bella. Perlomeno non è il tipo da farci una malattia o correrci un rischio.

4

La sentinella sulla specola di Travio disse a Jack: – Attento a non cascargli in bocca caldo caldo. San Quirico è maledettamente vicino a Marca. Possono arrivarci di sorpresa e tu sei fottuto. Non si scomoderebbero nemmeno a portarti in città ma ti fucilano sul posto.

Jack disse dalla strada: – Questo si discute. Sono in borghese, non porto armi e ho i miei bravi documenti.

– La carta d'identità?

– E che altro?

– Serve a molto, – disse la sentinella. – E poi è in regola?

– Io credo. È una carta d'identità come tutte le altre.

– Vediamo. È timbrata col loro nuovo timbro? Quello col fascio e l'aquila? No? E allora non vale niente, anzi, ti frega maggiormente. Perché loro capiscono che stai da mesi in collina. E di questi tempi uno di città non si ferma certo in collina a fare il bracciante. Vedi, voi di Perez state troppo all'interno e certe cose non le potete sapere.

– Ma piantala con queste arie da prima linea, – disse Jack scocciato e preoccupato.

L'altro non si impermalí. – Tua madre non poteva darti appuntamento in un posto un tantino piú igienico?

– Mia madre è vecchia, – rispose Jack, – e ultimamente ha fatto la flebite. Farà già troppo a montare una collina.

– Senza allungare la strada poteva darti appuntamento lungo il fiume, che è tanto piú sicuro.

– Sí, ma a mia madre l'acqua fa troppo senso. Devi sapere che un suo fratello morí annegato tanti anni fa, – e Jack si voltò verso la discesa.

– Io ti ho avvisato, – disse ancora la sentinella. – Tieni gli occhi e gli orecchi bene aperti. Se no... dí, di che fiori vorresti la corona?

Jack scendeva rasentando la siepe di acacia. Jack portava una maglietta di colore indefinibile, shorts marrone e sandali ai piedi.

Solo piú uno sperone di collina copriva San Quirico. Il crinale su Marca era perfettamente deserto, velato da vapori di caldo. La campagna era tutta vuota, perfino gli uccelli stavano nascosti e silenziosi. Jack sudava abbondantemente, il sole era quasi a picco e l'aria non rinfrescava neppure nei macchioni.

«Purché sia in casa, – si diceva, – purché non sia andata all'appuntamento in città. Il fascista è capacissimo di averla convinta che è meglio che si sposti lei. Ma è a San Quirico, lo sento da qui. Proprio non vorrei fare questa sgambata, aver inventato balle balle e soprattutto correre di questi rischi per niente. Farei cascare il cielo a bestemmie. Ma c'è, sento che c'è».

All'altezza del vecchio mulino diroccato lasciò la strada e saltò su nel bosco addentrandocisi di quel tanto che lo coprisse dalla strada senza togliergliene la visuale.

Era già stato bestiale ottenere quel permesso di dodici ore. Non per Perez, che era buono come il sole, ma per Leo il quale per principio non credeva a niente e nessuno. «Questo va a trovarsi con sua madre come io oggi vado a confessarmi», aveva detto Leo col suo sorrisetto cinese. «Mia madre mi aspetta veramente, – aveva reagito lui, – e si comprende. Non ci vediamo dal mese di aprile. Quando ci legnarono al bivio di Valmanera e si sparse la voce che ci era rimasto morto uno della nostra città. E mia ma-

CAPITOLO QUARTO

dre credeva fossi io e invece era Tarzan, se ve lo ricordate». «Non stare a ricamar tanto, Jack, – aveva detto Leo, – tanto me non mi convinci e il comandante Perez è già deciso a darti il permesso. Quindi piantala». Ma Jack non l'aveva piantata. Certo che Leo era un uomo difficile, per difficoltà veniva secondo al solo Milton. Con la differenza che Milton non era un capo. Gliene avevano offerti dieci di comandi ma Milton li aveva tutti rifiutati. Sembrava lo offendessero a morte a offrirgli dei comandi. Per Jack era una fortuna, dato che con Milton nessuno legava molto e lui meno di tutti. Sarebbe stato un bel guaio se dalla sera al mattino si fosse trovato agli ordini diretti di Milton. Cioè un bel guaio un bel niente perché lui sarebbe subito passato quatto quatto a un altro presidio o sarebbe addirittura ritornato nella Stella Rossa.

Per tornare alla discussione con Leo, Jack stavolta non l'aveva piantata. «E ti dirò, tenente Leo, che questo incontro con mia madre potrebbe fruttarci qualcosa. Mia madre facilmente mi porterà informazioni sui soldati di Marca». Sorrisetto cinese di Leo. «Tua madre, se ne ha allevati tre o quattro come te, dev'essere una brava donna di casa e le brave donne di casa di queste faccende non se ne occupano e non se ne intendono». «E allora ti spiego che è mio fratello che raccoglie le notizie e sapendo che nostra madre viene a trovarmi può benissimo passarle a lei. Devi sapere che mio fratello è garzone in una barbieria di Marca. Una barbieria mezza e mezza, né di prima né di ultima categoria. Per le informazioni è molto meglio così, perché in una barbieria di prima ci vanno solamente gli ufficiali e gli ufficiali sanno tenere la bocca chiusa. Invece i soldati semplici qualche chiacchiera la fanno mentre li sbarbano. Non fosse che per darsi delle arie. Rastrellamenti, rinforzi, fucilazioni e via dicendo, e mio fratello si scrive tutto in mente».

Il bosco dava in un campo appena mietuto che si perdeva in un altro bosco.

Passata la stoppia e rientrato sotto gli alberi Jack pensò solo piú alla maestrina. «Deve lasciarsi, se non altro per il diritto della politica. Fa godere un porco bastardo assassino di fascista che probabilmente ha già dei miei compagni sulla coscienza e io voglio una riparazione. La voglio. La prenderò. È troppo tempo...» La sua ultima donna risaliva alla vigilia della sua entrata nel movimento. Chiamarla donna. Era una del postribolo, di quello a bassa tariffa. Era vecchiotta e certamente un po' svitata. Entrò in camera già nuda e cogli stivali ai piedi, cantando una canzone stranissima. «Posso crepare da un momento all'altro e non voglio andarmene con quell'ultima donna. Ci penserà la maestra, ci penserà Edda. Ma com'è la vita. Uno nemmeno si sogna che un bel giorno avrà una ragazza che si chiama Edda. L'avrò certamente, oggi stesso, tra un'ora, l'avrò per tutto il pomeriggio, magari anche stanotte. Sono pronto a tutto pur d'averla, dal succhiarle le dita dei piedi fino a puntarle la pistola in bocca».

Jack non era disarmato. Portava tra pelle e calzoncini, sotto la maglietta, un pistolino calibro 6,75. «Ma credo che sarà ragionevole. Le maestre non sono aquile ma nemmeno delle deficienti. Se sarà ragionevole non le capiterà niente, niente che una donna normale possa chiamare male. E se poi sarà carina, – e Jack si tastò la tasca posteriore dove teneva una scatola di Craven ancora sigillata, – allora le regalerò questa bella scatola di sigarette. Lei poi potrebbe fare a metà con me, le fumeremmo tra una cosa e l'altra. Non deve aver visto mai sigarette inglesi».

Era fradicio di sudore e avanzava a scatti come se il desiderio lo pigliasse a pedate. Si fermò e col fazzoletto si spugnò il petto e le ascelle.

Il piccolo campanile di San Quirico apparí in uno slar-

CAPITOLO QUARTO

go del fogliame. Lo zinco della cuspide brillava come al punto di fusione.

Jack si buttò avanti orientandosi sul campanile. Ma sentí scricchiolare il sottobosco e si voltò di scatto alzando a due mani la maglietta per scoprire la pistola. Ma non la tirò fuori, perché era Milton.

Anche Milton era in borghese. Portava una giacca chiara gonfiata sui fianchi dal cinturone della Colt e calzoni scuri impolverati fin sotto il ginocchio.

Milton arrivò a tre passi da Jack, sbirciò la punta del campanile e disse: – Torna indietro, Jack.

– E perché?
– Torna indietro.
– È un ordine di Perez? O di Leo?
– No.
– Allora sarebbe un ordine tuo. E io me ne frego. Scusa, non sei mica ufficiale tu.

[– Torna indietro.]

– Non ci penso nemmeno. Tra l'altro ho tanto di permesso.

– Tua madre la vedi un'altra volta.
– Ma tu di che t'impicci?
– Di farti tornare indietro.
– Si capisce. Io torno indietro e tu vai avanti.
– Sí, io vado avanti. Non ti permetto di rovinare i miei piani.

– I tuoi piani di beccarti la maestra. E bravo, Milton.
– Io vado per l'uomo. Tu andavi per la donna.
– E io non ci credo che tu vai solo per l'uomo.
– Comunque tu torni indietro, Jack.
– Milton, ma che fai? – gridò Jack vedendogli la Colt nel pugno.

– Ti convinco a tornare indietro.
– Mettila via, Milton. Ma ti pare il caso? A me, a me mi

punti la pistola? Io sono un tuo amico, un tuo compagno. Ricordati di Onduno, Milton.

– Ricordati tu di Onduno.

– Mettila via, Milton. Non è da te, e poi io sono disarmato.

– Non lo sei.

– Pensa, – balbettò Jack, – ho una 6,75.

– Ammazza quanto la mia.

– Ma io non ho l'intenzione di ammazzarti, Milton.

– Io sí, se non torni subito indietro e senza piú voltarti.

– Un momento, Milton! – pregò Jack. Non dubitava di Milton, una volta a Onduno gli aveva visto fare una cosa...

In quel momento un uccello nero su un ramo vicino gracchiò, un verso come una raffica, e questo fu troppo per Jack.

– Un momento, Milton. Metti via la pistola. Abbassala perlomeno. Non litighiamo, loro potrebbero venirci addosso mentre noi litighiamo.

– Io sto attento anche a questo, – disse Milton, – per me e per te.

– Hai fatto bene, Milton. Sei proprio uno dei piú in gamba. Ascolta, Milton. Possiamo fare cosí. Andiamoci insieme dalla maestra. La castighiamo insieme. Ti lascerò fare il primo, io passerò dopo di te.

Milton balzò avanti e Jack vide nero. La sua mandibola aveva crocchiato sotto lo schiaffo di Milton. Jack si piegò e urtò il ginocchio contro una radice che affiorava dal terreno.

– Io vado per l'uomo, – ripeté Milton e afferrato Jack per una spalla lo rimise diritto. – Torna indietro e senza piú voltarti.

Jack sibilava e digrignava i denti ma era per il dolore al ginocchio. Non disse niente e si allontanò zoppicando in

CAPITOLO QUARTO

salita. La mascella gli bruciava e le labbra all'angolo sinistro non combaciavano più.

– Jack? – chiamò Milton dal basso. – Ancora una cosa. Se al comando ti chiedono di me tu non mi hai visto. Chiunque ti chieda di me, tu non sai niente.

Jack sparí tra gli alberi. Milton controllò ancora per un paio di minuti, poi si rigirò a San Quirico e discese.

Il bosco degradava giusto sulla frazione. Erano le undici. Milton si collocò dietro il tronco dell'ultimo albero ed esaminò San Quirico.

Era silenzioso e deserto, non gente né animali che girassero o si facessero sentire. Tutto cosí, nella strada, le aie e i coltivati. Ma i comignoli fumavano. Il fumo si dissolveva immediatamente nell'aria abbacinata. La chiesa aveva la porta spalancata e, strano, l'armonium era esposto sul terrazzino della casa canonica, forse per una ripulita. Nessun movimento nemmeno da e per la privativa, con la porta tutta costellata delle insegne della privativa. Su un lungo muro cieco che *quintava* per un pezzo la strada verso Marca brillavano al sole scritte fasciste in vernice nera. Le solite scritte di morte e obbrobrio ai partigiani, di esaltazione del duce e del fascismo. C'era anche molto grosso un «A morte Nord». Nord era il comandante della divisione di Milton. Le lettere erano tracciate a pennellate rapide e dense, gli scolaticci arrivavano fino al suolo.

Un rumore meccanico invase l'aria ferma e Milton si irrigidí. Ma era semplicemente un trapano elettrico. Il rumore usciva da quella baracchetta di legno chiaro al termine del borgo piú lontano da Marca.

La scuola stava di fianco alla privativa. Aveva un pianterreno capace di due aule ed era sormontato a destra da una torretta quadrangolare evidentemente adibita ad alloggio dell'insegnante. Le finestre delle aule erano sprangate, le gelosie dell'alloggio accostate. All'alloggio doveva accedersi per una scaletta esterna sul retro. Da dietro la scuola fuoruscíva un filare di noccioli piantato sulla ripa di una valletta perpendicolare al fiume. Questo scorreva a circa un chilometro, segnalato dalla orlatura compatta delle pioppete.

Milton decise di aggirare il borgo e la scuola e di imboscarsi nel noccioleto. Scese al piano e puntò alla baracchetta del trapano. Mentre si trovava nel punto piú largo del suo giro il trapano venne staccato e un cane abbaiò.

Il crinale su Marca rimaneva deserto.

Riuscí sotto la ripa del noccioleto, la salí rannicchiato e si appostò dietro il nocciolo piú sviluppato.

La scuola era a dieci passi. L'alloggio era perfettamente muto, l'uscio socchiuso. Come aveva immaginato, vi si saliva per una scaletta esterna. Nel centro dello spiazzetto tra il noccioleto e la scuola stava un pozzo con un tettuccio coperto d'edera. Milton aveva molta sete e fissava piú di quanto non volesse la larga macchia d'umido sul pietrone davanti al pozzo.

Il trapano venne riacceso e Milton si irritò, il suo stridore copriva gli eventuali rumori nell'alloggio.

Gli scalini di graniglia luccicavano sotto il sole a picco. Come dovevano conoscerli bene gli stivali del fascista. «Chissà se si vedono in casa o non piuttosto all'aperto verso il fiume. In casa è talmente comodo e sicuro. Se la ragazza si sarà fatta degli scrupoli, ci avrà pensato lui a demolirglieli».

Stava curvo sotto le piante, assetato, sudato come mai in vita sua, il tempo passava senza che dall'alloggio uscisse un suono o una voce, senza che dal borgo si alzasse qualcosa di piú di un brusio. Era anche possibile che la maestra fosse andata all'appuntamento in città e non c'era da aspettarsi che lui la riscortasse a casa. «Mi prenderà un

CAPITOLO QUARTO

sacco di tempo. Finirò col pentirmene. Già ora vorrei essere andato al ponte di Marca, a tentare le sentinelle».

Al campanile di San Quirico batté mezzogiorno. L'uscio gemette e la maestra uscí sul ripiano. Certo non aveva un uomo in casa. Ora scendeva, con un passo ondante, quasi ginnastico. Era bionda e bella, molto piú del prevedibile. Era pensierosa o annoiata. Per il caldo si era raccolti i capelli sulla nuca e aveva una scollatura profonda.

In fondo alla scala Edda Ferrero facendo perno sul pomello della ringhiera ruotò verso l'angolo e sparí in direzione della privativa.

Lentamente Milton si slacciò il cinturone, lo avvolse intorno alla fondina della Colt e poi appese quel fagotto a un ramo alto del nocciolo. Tutto questo lo fece con molta ripugnanza.

5

Una moto scendeva velocissima dalla collina. Era già a mezzacosta e sulla cresta ballonzolava ancora il suo polverone. La macchina era rossa. Come uscí dalla terzultima curva Smith disse: – È il tenente Athos del comando divisione. Quel mafioso col naso a crocchio.

– Se è Athos meglio avvertire Perez e Leo, – disse Maté che era capoposto.

Ci mandò Gilera e Perez e Leo uscirono giusto in tempo per vedere Athos arrivare e fermarsi con una brusca virata.

– Ohé! – fece Sceriffo, – è una Guzzi otto bulloni. Possiamo guardarla, Athos?

Athos permetteva, purché non svitassero il tappo del serbatoio.

– Qualcosa non va? – si informò subito Perez.

Athos era in perfetta divisa inglese ma con cinturone e stivaletti tedeschi. Si era accesa una sigaretta e disse con la prima boccata: – Tutto O.K. Sono venuto a prendere Milton. Devo portarlo al comando. Ordine di Nord. Dov'è?

– Tu l'hai visto, Leo? – disse Perez.

Leo scosse la testa e Perez si rivolse agli uomini del posto di blocco. Jack si tirò indietro di un passo. Maté domandò di Milton a ciascun uomo e poi riferí che nessuno lo aveva visto.

– È fuori con tuo permesso, Perez? – domandò Athos.

– Mai dato un permesso a Milton.

– Anche perché Milton non si è mai sognato di chiederlo, – aggiunse Leo piuttosto ironico. Leo aveva una generica avversione per gli ufficiali del comando divisione ed una specifica per Athos.

– Ma che razza di reparto...! – disse Athos.

Perez arrossí fino alla radice dei capelli. – Per favore, non usare questo tono.

– Athos, scendi dal piedistallo, – disse Leo. – Milton non chiederebbe permessi nemmeno a Nord.

Athos infilò i pollici sotto il cinturone e disse: – Comunque sia, Nord lo vuole. Abbiamo bisogno di lui al comando.

– Ve lo mandiamo appena arriva, – garantí Perez. – Se arriva.

– Che vuoi dire?

– Se già non è morto secco su una strada, – spiegò Leo.

Perez si rivolse ancora agli uomini. Proprio nessuno di loro poteva dare un riferimento su Milton?

Jack si mimetizzò ancora di piú e Maté alzò la mano.
– Io credo di sapere che ultimamente lo interessava il ponte di Marca.

– Perché gli interessa quel ponte? – indagò Athos.
– Vuol forse farlo saltare?

Leo grinned. – Non sa nemmeno se l'esplosivo è maschio o femmina.

Disse Maté: – Gli piacerebbe beccare una sentinella.

– Bella roba! – sbuffò Athos.

– Bellissima! – scattò Leo. – Qualcuno se ne dimentica, ma noi siamo qui per ammazzare fascisti. Primum occidere, deinde philosophari, come dice l'assente.

– Calma, calma, – disse Perez. – Che bisogno ha Nord di Milton?

– Ritiriamoci, – disse Athos e partendo disse a Maté che lo teneva responsabile della sua benzina.

Andarono a sedersi sul tronco a ridosso della pesa pubblica e appena seduti Athos spiegò che Milton serviva al comando per comprendere la missione militare inglese.

– Al comando avete Bob come interprete, – osservò Perez. – Bob l'inglese lo sa.

– Lo sa, ma non lo riceve. Non capisce quasi mai che cosa dicono, deve sempre farsi scrivere le frasi su dei foglietti di carta. E il maggiore Boyle soffia come una balena. Ci hanno mandato il maggiore piú nevrastenico di tutto l'esercito inglese.

Accese una nuova sigaretta dal mozzicone e aggiunse: – Ma non è questo il punto. Qui non si tratta piú di un puro e semplice lavoro di interprete. Dobbiamo avere uno che senza parere afferri i discorsi che gli inglesi fanno tra loro in qualunque momento e sappia trarne le conclusioni che interessano a noi. Bob questo non lo sa fare. Ora, c'è nella missione inglese un movimento che ci sfugge, ci sono dei preparativi che non capiamo dove andranno a sfociare. Qualcosa è certamente in aria, ma non sappiamo che cosa. Pare che questa missione ci lasci e ne scenda un'altra. Ma pare anche che se ne vada senza essere sostituita.

– Un guaio, – ammise Perez.

– Un disastro. L'ideale sarebbe avere una missione fissa. Ma se questo non si può ottenere, bisogna sbrigarsi a mungere a Boyle almeno un altro paio di lanci grossi. Insomma qualcosa è in aria e Bob non sa dirci precisamente cosa.

Athos tossí e riprese: – Altre volte sembra che debba andarsene il solo capitano Saunders. Conoscete? quello alto, con una faccia piú spagnola che inglese. Pare passi di là dal fiume, a osservare, organizzare chissà cosa. Ma anche questo è ipotetico. E se Saunders se ne va, porterà con

CAPITOLO QUINTO 45

sé le trasmittenti? Ecco perché abbiamo bisogno di Milton, un bisogno cane. E voi me lo lasciate andare a zonzo.

– Ma si capisce, – disse Perez, – finché so che esce per ammazzare fascisti...

– Chi lo tiene? – disse Leo. – O vuoi che lo mettiamo al palo? Al palo io metterei i poltroni, casomai. Per quanto mi concerne, io non mi sono mai sognato di dare ordini a Milton. Ti dirò di piú. Quando debbo dare ordini ad altri in sua presenza mi sento alquanto imbarazzato.

– Ma voi due siete i suoi superiori diretti!

– Macché superiori! – disse Leo. – Solo un incosciente può ritenersi il superiore diretto di Milton.

Athos sospirò. – Se è cosí – ho l'impressione che lo stiate pompando – ma se è cosí, io torno su e riferisco a Nord. Nord comincerà col pigliarsela con me e con voi due.

Leo allargò le braccia, seriamente, ma Athos ci vide dell'ironia. – Tu, Leo, non puoi proprio esimerti dal far dello spirito. Ma intanto io so che cosa deciderà Nord. Ordinerà che Milton sia aggregato al comando divisione e se lo terrà stretto fino alla fine della guerra.

– Questo mi spiace, – disse Perez.

– Pure a me, – disse Leo.

– Ma non potrete trattenerlo, se Nord lo vuole.

Athos si era alzato, si spolverò con una mano il sedere e poi si assicurò che il tascone anteriore fosse abbottonato. – Milton deve finirla di giocare a Robin Hood. Milton e la mezza dozzina d'altri come lui. Sono cose che potevano andar bene l'inverno scorso. Ma ora basta con gli isolati. Noi oggi siamo su un piano di gruppo di divisioni. E Milton lo si inchioda al posto dove lo si giudica di maggior utilità generale. Milton sa l'inglese come nessun altro di noi? Benissimo, lo si appiccica alla missione inglese vita natural durante.

Si avvicinavano alla moto.

– Tempo una settimana, – disse Athos, – e Milton passerà definitivamente al comando divisione.

Come montò in sella Leo gli disse: – Eri venuto a prelevarlo con la moto?

– Perché? Tu credi gli ci voglia l'autoblindo?

– Anche con quella non te lo portavi a casa. Non monta mai su macchine, va sempre a piedi. Ha le sue teorie.

Athos calciò nella compressione. – Al comando lo cambieremo, – disse e Leo sorrise di compassione.

6

Un'ora dopo la partenza di Athos gli uomini di Mangano si ritirarono per la cena. La mensa non era in paese ma in un casone isolato sull'orlo di un vallone. Poi Perez andò a sentire Radio Londra in casa del medico e Leo assegnò i turni di guardia.

Alle nove Jack e Gilera rilevarono Oscar e Genio sul costone che dominava la strada di Travio.

Montavano da un'ora circa quando entrò nel cielo il rumore degli aerei.

– Eccoli qui a lanciare, – disse Jack. – Tu lo sapevi?

Il ragazzo non lo sapeva e si mise ad esplorare il cielo. – Lanciano a noi?

– No, lanciano alla prima divisione.

Allora Gilera si puntò meglio verso le colline dove viveva la prima divisione. – Perché lanciano a Lampus?

– Toccherà a lui. Un po' per uno.

– È che gli inglesi preferiscono Lampus a Nord. Lampus, a quel che ho sentito, incontra piú di Nord con gli inglesi.

– Nessuno ne sa niente, – disse Jack. – Io non so chi te ne abbia parlato ma deve essere uno che ne sa ancora meno di tutti gli altri. Nessuno nega che Lampus sappia farsi valere piú di Nord, ma di quello che pensano gli inglesi nelle loro testacce straniere chi ne sa tanto cosí? E poi non ci possiamo lamentare. Ce ne hanno buttata di roba e credo ce ne butteranno ancora.

Il rumore si era fatto molto forte e concentrato, ma Gilera non riusciva a individuare le luci di pancia e tanto meno a vedere l'ombra di un apparecchio coprire per un attimo una qualche stella. Credette invece di vedere sulle lontane colline a sud il riverbero dei fuochi accesi in conca dagli uomini di Lampus.

Il rombo adesso era potentissimo e aveva preso un andamento circolare. Gilera capí che gli aerei erano in zona e stavano roteando sulla conca prestabilita. Volle dirlo a Jack ma Jack era andato a spasso all'altra estremità del costone.

– Jack?

Jack ritornava.

– Jack, pensi che i fascisti di Marca lo sentano questo fracasso?

– Altroché. Lo sentirebbero a distanza doppia.

– E capiscono che si tratta di un lancio?

– Non sono mica scemi. Toglieti dalla testa che i fascisti siano scemi.

– E non possono farci niente.

– Nemmeno si provano a farci qualcosa.

– Chissà come staranno in questo momento con questo fracasso sulla testa. Saranno già a letto in caserma. Hanno la ritirata regolare, o no?

– Io credo. Pressapoco come nel vecchio esercito.

Gilera si stropicciò le mani. – Figuriamoci come si mangiano il fegato, e che brutti pensieri fanno al buio.

– Per quanto, – disse Jack, – anche tra loro c'è chi se ne sbatte.

Gli aerei passavano a bassa quota e Jack disse che questo era il momento effettivo del lancio. Il cielo era percorso da onde. Poi Gilera fece un accenno al valore del materiale.

CAPITOLO SESTO

– Milioni e milioni, – disse Jack. – Per ciascun lancio, s'intende.

– Milioni e milioni? Gli costiamo salati.

– È segno che li valiamo. Non fanno altro che il loro interesse.

– Ma sono milioni e milioni. È facile a dire, milioni e milioni. Ma averli e ancor piú tirarli fuori.

– Se non li hanno e non li tirano fuori gli inglesi, – disse Jack.

– Jack, a te gli inglesi piacciono? A me niente.

– A me non fanno né caldo né freddo. Quando li vedo passare sulla macchina di Nord non mi fanno né caldo né freddo. Solo polvere mi fanno, i disgraziati. Ma ti dirò che tanto dritti non mi sembrano. I tedeschi li battono e strabattono in tutto.

– A occhi chiusi, – disse Gilera.

– La mia grande ammirazione è per i tedeschi, – continuò Jack. – Al mondo non s'è mai visto niente come i tedeschi. Ma c'è un inconveniente. Gli inglesi non mi ammazzano, i tedeschi sí. Mi scorciano come mi vedono.

Il rumore degli aerei si era assottigliato e ora svaniva. A Gilera sembrò si fosse spento anche quel riverbero di prima.

– Adesso sí, – disse il ragazzino, – adesso sí che mi piacerebbe essere lassú con Lampus. Ficcare ben bene le mani in tutta quella grazia di Dio. E non farei il disonesto. Mi piglierei un Thompson come quello di Pan, una Colt come quella di Milton e uno di quegli impermeabili mimetici con la gobba per lo zaino. Ti sembra che sarei disonesto?

– Si vede, – disse Jack, – che non sei mai stato presente ad un lancio. Non tocchi un bel niente. Ai bidoni si avvicinano soltanto i privilegiati. Quasi sempre il plotone comando divisionale. Sarebbe come dire la guardia del corpo di Nord o di Lampus. Tutti gli altri toccano un bel niente. E poi c'è sempre un ufficiale inglese, con un foglio in mano, che conta e verifica il materiale. Quel foglio si chiama il fakin list. E se manca uno spillo lo senti strillare. Cacciati in testa, Gilera, che per gli inglesi noi siamo tutti ladri.

– O bastardi, – disse Gilera.
– Se non sono bastardi gli inglesi.

Dopo gli apparecchi il cielo si era fatto piú vuoto del normale e si sentiva fortissimo il canto dei grilli che in realtà era scemato.

– Che ore saranno? – fece Jack. – Io comincio ad avere piene le tasche di questa guardia.

Gilera si sedette per terra e disse: – Chissà che ne è di Milton?

– Non ti preoccupare, – brontolò Jack.
– Me ne preoccupo sí. È un mio compagno. Se non mi preoccupo di quelli che stanno dalla mia parte... Se avessi un fratello nei fascisti, sta' certo che non me ne preoccuperei.

– Io non dicevo in questo senso. Questo lo capisco anch'io, o ranocchio. Dicevo di non preoccuparti perché Milton non corre pericolo.

– Sai dove si trova? Perché non lo dici a Perez?
– Non so dove si trova, ma so che non corre pericolo.
– Per me sei misterioso, Jack.
– Piantiamola con Milton.
– Non ti è simpatico, eh?
– Lascia perdere, – disse Jack. – Una volta gli vidi fare una cosa.
– È per questa cosa che ti è diventato antipatico?
– No. Anzi.
– Che razza di cosa?

CAPITOLO SESTO

Jack si accosciò accanto a Gilera. – Tu hai mai conosciuto Victor? Il francese della Stella Rossa?

Gilera non conosceva nessuno della Stella Rossa, ma Victor l'aveva sentito molto nominare. – Ma che c'entra Victor con Milton e con te?

– Victor comandava l'azione nella quale io mi trovai per la prima volta con Milton e gli vidi fare quella cosa. Stavamo a Onduno, un paese a venti chilometri da Marca, dall'altra parte. Il presidio di Onduno era badogliano e sulla collina appresso c'era una brigata rossa comandata da Victor il francese. Una mattina i fascisti di Marca, il reggimento prima di questo, vengono verso Onduno. C'era fanteria e cavalleria, ma la cavalleria saltò fuori solo all'ultimo momento. Quella fu la prima volta che azzurri e rossi combatterono insieme. Il comando lo prese Victor perché era piú anziano del capo badogliano e perché aveva un gran nome. La loro fanteria saliva senza criterio, senza punte di sicurezza, senza niente, proprio da disgraziata. Victor li binoccola ben bene e ha la grande idea. Dice «Non spariamogli in fase di avvicinamento, diamo a intendere che il paese è indifeso e pacifico e li riceviamo nelle strade e sulla piazza. Non se ne accorgeranno che quando saranno in trappola. Quelli sono ubriachi o imbecilli, non vedete?» Mi ricordo che la discussione avvenne nell'osteria di Onduno e c'era una gran puzza di polmone di vacca bollito. Ma il comandante badogliano non era d'accordo sul piano perché poi il paese avrebbe subito tremende rappresaglie. Era molto meglio, diceva, combattere regolarmente fuori paese e perdere. Ammetterai, Gilera, che questo è molto badogliano. E mi ricordo che proprio Milton fu uno di quelli che piú lo pressavano perché accettasse il piano di Victor. Ma quello aveva una testa da ufficiale effettivo e non cedeva assolutamente. Allora, mezzo in francese e mezzo in italiano, Victor disse: «Onduno è sí paese vostro, ma io ci sono dentro e ci resto. Ed eseguirò il mio piano con voi o senza voi ed il paese ne andrà di mezzo in ogni caso». Allora il comandante badogliano si convinse e promise di mettercela tutta.

– Ne parli come se non fosse stato il tuo, – osservò Gilera.

– Infatti, – rispose Jack, – io ero un uomo di Victor, io allora ero nella Garibaldi.

– Questo non lo sapevo.

– Tu non lo sapevi, ma Perez lo sa ed anche Leo, e perfino Nord lo sa.

– Perché poi hai piantato i rossi?

– Per i lanci. Crepavo d'invidia a vedere i badogliani con la roba dei lanci. Ai rossi non lanciavano e non lanceranno mai. Debbono tirar giú gli apparecchi con le mani se vogliono soffiarsi il naso in uno straccetto cachi. Ma dov'ero rimasto?

– Che il nostro comandante si convinse.

– Allora restiamo d'accordo di riceverli dentro il paese e non dare prima il piú piccolo segno di vita. Io mi ero appostato dietro il parapetto della piazza e accanto a me viene ad accucciarsi proprio Milton. Insieme guardavamo i fascisti venire. Una parte saliva per la strada e l'altra tagliava per i campi e i prati. Questi penavano di piú, sdrucciolavano spesso e volentieri, la terra si era snevata da appena una settimana, e non fosse stato per gli ufficiali tutti sarebbero passati sulla strada. Ormai erano cosí vicini che li vedevo chiaramente in faccia, e chi portava il moschetto e chi il mitra e cosí via. Per dirti quanto li vedevo bene. Poi mi volto per vedere la disposizione dietro di me e vedo dietro la pesa Victor e una trentina dei nostri appostati col Saint-Etienne. Guardo dall'altra parte e vedo i badogliani con una mitragliatrice americana. Sai, quel tipo non piú alto di un gatto e che non si inceppano mai.

CAPITOLO SESTO

– Una Broving, – disse Gilera.

– Io e Milton restammo al parapetto qualche attimo ancora, poi ci ritirammo e io andai a unirmi ai miei sotto il portico del Comune. Milton lui non andò in gruppo, e questo me lo fece particolarmente ammirare perché io morivo dalla voglia di trovarmi in gruppo. Lui invece si isolò il piú possibile, si defilò dietro l'angolo della privativa. Questo è fiuto, perché il primo che si presentò – un sergente grande e grosso, con una barba a spazzola – spuntò proprio davanti alla privativa. Milton si sporse e gli sparò dall'angolo. Mica al corpo, alla testa sparò, e si vide volar via mezzo cranio e l'elmetto di quel sergente.

– Madonna! – fece Gilera. – Che a me non capiti mai!

– La raffica di Milton aprí il fuoco generale, perché noi tutti lo seguimmo a sparare. Loro non credo spararono un colpo, dico uno, erano troppo sbalorditi e quando si ripresero era troppo tardi, erano mezzi morti. La strage piú strage la fece il Saint-Etienne di Victor. Dopo, sulla strada davanti alla pesa, ne contammo diciotto stesi, tutti impiombati per due. Prima della pesa la strada è selciata e fa discesa, lí il sangue rivolava come vino e pezzi di cervello galleggiavano sopra. Ricordo che un mio compagno vomitò e svenne e lo dovemmo curare come se fosse ferito grave. Ti ho detto che forse non spararono un colpo. Infatti non si sentivano piú spari, ma solamente urli. Urlavano i fascisti ancora vivi e urlava la gente nelle case. Questo perché i fascisti pur di salvarsi dalle strade erano entrati nelle case e si erano nascosti sotto i letti e nelle madie e perfino sotto le sottane delle vecchie, nelle stalle sotto il fieno e tra le bestie. Sentivo Victor che correva come un cavallo nella viuzza accanto e urlava «Avan! Avan! batajon!» Dammi una sigaretta, Gilera.

– Non ne ho piú, – disse Gilera senza tastarsi.

– Non fa niente. A un certo momento mi trovo solo.

Non so come fu, ma mi trovo solo, a parte i cadaveri dei fascisti. E il trambusto si era chetato, cosicché io in quel mezzo silenzio e in quel deserto completo io – non mi vergogno a dirtelo – tremai. Poi sento un passo sul selciato, verso di me, mi posto dietro una pila del Comune e punto il moschetto. Ma era Milton. Gli andai incontro da amico, ti giuro, come un fratello. Intanto si risentiva rumore, erano i nostri che festeggiavano la vittoria generale. Eravamo vicini alla chiesa e ci pare di cogliere uno scalpiccío, gente che scappa a nascondersi in punta di piedi. Con la testa faccio segno di sí a Milton che mi chiedeva con gli occhi se avevo sentito anch'io. «In chiesa», mi dice lui ed entriamo con tutte le precauzioni. C'era ombra e fresco e me li sarei goduti tanto volentieri – tu non sai la polvere che si mangia in questi pasticci – ma c'era altro da fare. Cominciamo col frugare nel battistero, poi un confessionale. Non si sentiva nemmeno un respiro. Milton guarda su alla cantoria ma poi lascia perdere lassú e va a perquisire i banchi uno per uno. Cosí ci avvicinavamo all'altare. Ci avvicinavamo e da dietro l'altare sbuca un soldato con le mani in alto e dice «Siamo qui» con una voce da fanciulla. Hai capito? Avevano tanta paura che consegnarsi era un sollievo. Io sbirciai Milton e gli vidi un mezzo sorriso. «Venite fuori, quanti siete». Glielo disse piano, quasi dolce, come se li volesse perdonare. E quelli, quattro, vengono fuori da dietro l'altare, a mani alzate, disarmati, le armi dovevano averle gettate molto prima. Erano quattro pivelli, e vedendo Milton fare a quel modo devono essersi fatti delle illusioni. Anche perché Milton non li pigliò a calci e pugni ed io che li avrei suonati volentieri avevo soggezione di Milton. Usciamo dalla chiesa. Il sole mi sembrava il doppio piú caldo e piú lustro, i nostri quattro prigionieri non facevano che sbattere le palpebre. Vedemmo che il nostro grosso era già fuori paese, diretto al

CAPITOLO SESTO

crinale, e io dico a Milton di incamminarci pure noi da quella parte. Cosí facciamo, usciamo dalle case e prendiamo per la collina. Era non molto alta ma erta e senza una pianta, eravamo visibili a dieci chilometri senza cannocchiale. D'un tratto io vedo un movimento del nostro grosso che ci precedeva di un trecento metri. Un movimento che non mi piacque niente, un movimento di allarme e di scarto, e subito dopo mi entra nelle orecchie il rumore dei cavalli. La cavalleria, Gilera.

– L'avevo pensato, – disse Gilera.

– Come ti puoi immaginare, ci fu uno spavento generale, ma Victor era un grande capo e fece la mossa piú giusta possibile. Victor comandò a tutti di correre a buttarsi nel vallone, una specie di scivolo per gli uomini ma per i cavalli un burrone. Cosí non ci potevano caricare. Vedi lí la testa strategica di Victor. Gli altri arrivarono al ciglione, rotolarono giú e potevano dirsi in salvo, ma io e Milton ci trovavamo in un pericolo enorme. Eravamo molto indietro, a quasi duecento metri dal crinale. Ce l'avremmo fatta solamente a volare, ma se noi due volavamo non volavano i quattro prigionieri che avevano capito la situazione. «Correte, – comando io, – correte da maledetti!» ma quelli correvano per modo di dire. Allora grido a Milton: «Lasciamoli perdere o siamo fottuti!» perché avevo dato un'occhiata in basso e avevo visto i cavalli attaccare la collina fumando dai fianchi come stufe. Ma Milton mi fa segno di no, io riguardo i cavalli e insisto. «Se tu non li molli io mollo te!» Intanto dò un'occhiata ai prigionieri e noto che un po' si erano sparpagliati, il piú a valle era sí e no a cento metri dai primi cavalli e cominciava a far segnali ai cavalleggeri. Questi non sparavano ancora, e per la distanza e per il galoppo e perché rischiavano di colpire i loro camerati.

– Li distinguevano?

– Cristo, loro quattro erano verdi come ramarri, io e Milton avevamo indosso quattro o cinque colori. Allora io avverto Milton che parto da solo, lui dà un'occhiata ai cavalli (mi ricordo però che aveva tutti i capelli ritti in testa come aghi) e poi urla ai quattro di serrare e riunirsi. E quei quattro disgraziati gli hanno obbedito come a un colonnello. E come furono ben serrati e riuniti, Milton gli fece dentro tutto il caricatore dello sten. Andarono giú in un fascio e poi ognuno per suo conto rotolava incontro alla cavalleria, ed io sentii il tremendo urlo dei cavalleggeri. Credo sia stato quel tremendo urlo a farmi riscuotere e partire come un razzo, perché la cosa di Milton mi aveva congelato. Ora anche Milton correva verso il ciglione, mi raggiunse in due salti e col terzo già mi aveva sopravanzato. Dai cavalli ci sparavano, ma era un caso che ci centrassero, sebbene fossero a meno di ottanta passi. Milton arrivò primo al crinale, si voltò a vedere a che punto ero e mi spiegava il sistema, con la mano mi faceva segno di rotolarmi. Arrivai al ciglione e mi tuffai di traverso dietro a Milton. Ci ammaccammo un po' ma arrivammo in fondo e quando riguardammo su al crinale i cavalli non si erano ancora affacciati. E non si affacciarono nemmeno dopo, perché avevano paura ad ammassarsi cosí in vista e magari Victor dal fianco spargli dentro con tutte le armi.

7

Milton rientrò nella stalla lasciando la porta semiaperta. Al rumore del suo passo e sotto un raggio del sole levante il ragazzo piú vicino alla porta gemette e si rivoltò sulla paglia.

Milton rimise lo spazzolino da denti nel taschino e imbracciò la carabina. Era pronto a partire per il comando di divisione che distava cinque colline da Mangano.

Jack si sollevò dal cassone del foraggio e disse piano:
– Tu che sei andato per l'uomo, mostrami la sua pistola.

– Non ho visto l'uomo, – bisbigliò Milton. – Non ancora.

– Ma la donna l'hai vista. Ci hai fatto la sei giorni, eh?

– Ti porterò la sua pistola. Te la regalerò.

– Ci credo tanto, – bisbigliò Jack. – Portami le mutandine della maestra ché ti riesce meglio.

Milton non rispose. Tornò alla porta e la spalancò. Il disco del sole emergeva dalle colline orientali.

– L'uomo non ti interessa, – disse ancora Jack. – Scommetto che in tutti questi giorni non ti sei nemmeno curato di sapere come si chiama.

– Si chiama Goti. Giorgio Goti. È sottotenente nella prima compagnia.

Jack grinned. – Potevi anche dirmi Balilla. E chi va a controllare?

– Tu ritieniti soddisfatto con la pistola che ti porterò. Ancora una cosa, Jack. In tutti questi giorni che io mi fermerò al comando è inteso che tu stai alla larga da San Quirico, – e Milton si avviò dalla parte del sole.

Milton era arrivato in cima alla quinta collina e guardava giú nella valle ricoperta di bosco. Le strade erano gialle e i sentieri rossicci. Tirava vento e decine di migliaia di alberi stormivano.

La casa che ospitava temporaneamente il quartier generale di Nord stava sul versante cieco di quella collinetta che si alzava come un bubbone nel mezzo della grande valle.

Si orientò e stava per discendere quando udí un urlo, un altro, una raffica lunga, una pausa, una raffica corta. Gli echi galoppavano per la valle ma Milton non si lasciò confondere. Gli urli e gli spari provenivano da quel castagneto a mezzacosta, a sinistra della strada che portava al quartier generale. Milton non aveva nemmeno spallato la carabina, perché credeva di sapere che cosa era successo.

Puntò giú verso quel castagneto facendo riferimento al grosso sentiero rossiccio che ne fuorusciva. Ci arrivò, scendendo a sbalzi, in dieci minuti e si appostò dietro un albero proprio dove il sentiero sfociava nella carrettabile.

Dopo qualche minuto sentí un passo al margine del bosco e vide uscirne Pablo, una delle guardie del corpo di Nord, in flanella e shorts cachi e sandali.

– Pablo! – chiamò Milton sporgendosi dal tronco.

– Ohé! – sbottò Pablo. – Milton, mi hai messo paura, – e tolse la mano dalla pistola.

– Tu sopporti, – disse Milton.

– Mica piú tanto. Davvero, Milton, sopporto sempre meno. Questo è un mestiere peggio del palombaro. Sí sí, mi hai messo una paura nera. Da molto non ti guardi in uno specchio?

– Sono brutto?

CAPITOLO SETTIMO

– Dipende. Per le donne certamente no, ma per gli uomini sí. Da quanto non ci vedevamo?

– Un secolo. Sto andando al comando. Fai strada con me?

Dal sentiero si calarono nella carrettabile e Milton accese la sigaretta.

– Chi era? – domandò poi.

– Un caporale della Littorio, – rispose Pablo.

– Preso da chi?

– Da un uomo di Gildo alla periferia di Spigno. Vuoi sapere come è morto?

– A me basta sapere che è morto.

– È morto. Giulio gliel'ha fatto. E chi lo fa lo ricopre. Io l'ho piantato là in mezzo al bosco.

– Ho sentito urlare, – disse Milton. – Due urli.

– Lui. E sai che cosa ha urlato? Viva il Duce!

– Padronissimo.

– È tutta stamattina che me la mena col porco duce. L'avevo io in consegna. Verso le dieci Pan ha mandato una macchina a prendere il prevosto di San Bovo perché questo caporale pretendeva il prete. A proposito del prevosto di San Bovo, stamattina mi ha fatto ridere e ora voglio far ridere anche te. Come scende di macchina corre da Pan e gli dice «Ma è ora di finirla, sempre io a confessare i vostri condannati a morte! Per piacere, la prossima volta usate il curato di Forsano. A parte che è piú giovane di me e abita meno lontano, un po' di avvicendamento, per nostro Signor Gesú Cristo!»

Milton non rise.

– Be', – riprese Pablo, – il prete e il fascista si ritirano a metà della scala della cantina. Io e Giulio in cima alla scala, pronti a fregarlo se faceva una mossa falsa. Ma di quello che si dicevano non capivamo un acca. Dopo dieci minuti risalgono e sull'ultimo gradino il prete dice al fascista: «Io ti ho messo in regola con Dio, con gli uomini purtroppo non posso farci niente», e svicola. Il caporale resta con me e Giulio. Tremava, ma non tanto. «Io sono pronto», ci dice, ed io: «Non è ancora il momento». Allora casca seduto in mezzo all'aia e si prende la testa fra le mani. Io gli dico: «Se vuoi scrivere una lettera, da consegnare al prete prima che riparta...» E lui: «A chi scrivo? Sono figlio di una puttana e del piú lesto. O vuoi che scriva al Presidente dei Trovatelli?» A questo punto Giulio dice che deve andare per una commissione di cinque minuti e parte lasciandomi lo sten. «Va a cagare», dice il caporale senza seguirlo con gli occhi. «Tu ne hai voglia?» gli domando io. «Magari, ma che pro mi fa?» «Fumati piuttosto una sigaretta», gli dico io sporgendogli il pacchetto. Ma rifiutò. «Non ho l'abitudine». «E fuma. Sono inglesi, sono dolci, molto buone». «No, non sono abituato a fumare. Se fumassi non finirei piú di tossire. E io voglio gridare». «Adesso?» domando io. «No, quando sarà il mio momento». «Grida quanto ti pare», dico io. «Griderò Viva il Duce!» mi annunzia lui. «Grida quel che ti pare, – dico io, – però ricordati che ti sprechi. Il tuo duce è un gran vigliacco». «Puah! – fa lui – il nostro Duce è un grande eroe. Voi, voi siete grandi vigliacchi. E anche noi suoi soldati siamo grandi vigliacchi. Ma lui è un grande eroe e io griderò Viva Lui!» «Ti ho già detto che puoi gridare quel che ti pare. Ma ti ripeto che secondo me ti sprechi. Io sono sicuro che tu morirai molto meglio di quanto saprà fare lui quando sarà la sua ora. E sarà presto, se c'è giustizia». E lui: «E io ti dico che il Duce è un grandissimo eroe e tutti noi italiani siamo schifosamente indegni di lui». Ed io: «Non voglio discutere con te al punto che sei. Ma il duce è un gran vigliacco. Io gliel'ho letto in faccia. Tempo fa ho preso in mano una sua foto grande come un giornale e l'ho studiata per un'ora. Io gliel'ho letto in faccia. E se insisto tanto è perché non voglio che tu ti sprechi a gridare Viva Lui in punto di morte. Io me lo vedo, chiaro come il sole. Quando toccherà a lui come adesso tocca a te, lui non saprà morire da uomo. E nemmeno da donna. Morirà come un maiale, io me lo vedo. Perché è un vigliacco colossale». «Viva il Duce!» mi fa quello, piano, sempre con la testa fra le mani. E io non perdo la pazienza e gli dico: «È un gran vigliacco. Quello di voi che morirà da schifoso morirà sempre come un dio in confronto a lui. Perché lui è un vigliacco fenomenale. È il piú vigliacco italiano che sia esistito da quando c'è l'Italia. E per vigliaccheria non ne nascerà l'uguale anche se l'Italia durasse un milione di secoli». E lui: «Viva il Duce!» mi rifà. Poi arrivò Giulio e mi disse: «Vogliono che ci sbrighiamo». E io al caporale: «Alzati». «Ma sí, – fa lui, – togliamoci dal sole».

– Pablo! – chiamò una voce da sopra un albero.

Milton alzò gli occhi e vide l'uomo a cavalcioni della biforcatura del tronco, con lo sten puntato su lui.

– Scarta quel coso, – gli disse Milton.

– Togli, Tom, – disse Pablo.

– Ma chi è questo gagarino con la Winchester?

– Tom, hai perso una buona occasione di star zitto, – disse Pablo. – Questo è Milton. Nord l'ha fatto chiamare, per parlare con gli inglesi testa a testa. Questo diventerà presto un grande capo.

– Ah, – fece Tom preoccupato.

– Sta' tranquillo, scemo, – disse Milton incamminandosi. – Io non resterò molto al comando.

8

L'aiutante maggiore Pan era disarmato e scalzo, in blusa di seta di paracadute e calzoni cachi rimboccati al polpaccio. Sebbene cosí disimpegnato, appariva piú vecchio dei suoi trentatre anni, forse per l'ombra verdognola che gli proiettava in faccia la visiera del suo berretto da ciclista.

Quel pomeriggio Pan era solo al comando. Nord era partito con Ercole per incontrarsi in località segreta coi delegati del Comitato di Liberazione di Valla. L'intendente Edo Belloni stava a letto con la febbre intestinale. Athos e Bob avevano accompagnato il capitano Saunders a ispezionare la brigata di Gildo, se meritava un lancio particolare.

«Speriamo che Saunders abbocchi», pensò Pan.

Athos aveva assicurato all'inglese che Gildo disponeva di oltre duecento uomini, quando arrivavano a stento al centinaio. Allora si era deciso di fare con Saunders come i gerarchi con Mussolini, mostrargli in luoghi e tempi diversi sempre la medesima roba. Quindi all'alba del giorno dell'ispezione metà degli uomini dei presidi di Meviglie e Forsano erano affluiti al comando di Gildo, ovviamente equipaggiati ante i lanci inglesi.

«Speriamo che Saunders non sia fisionomista».

Ma il tormento di Pan era la città di Valla. In quel momento Pan sentiva di odiare i fascisti ancora di piú per il fatto che mantenevano in Valla una guarnigione tanto de-

CAPITOLO OTTAVO

bole. Paradossale ma vero. Come sempre Nord avrebbe fatto a modo suo, ma stasera a cena Pan lo avrebbe mitragliato con tutte le sue obbiezioni, facendole mettere a verbale. Sul risultato non c'era da illudersi minimamente. Pan sapeva che Nord per l'ingresso trionfale nella città liberata si era già fatto confezionare una divisa extra. In un certo senso il destino di Valla e di duemila partigiani stava in una tasca di quella tuta di gomma nera appesa dietro l'uscio della stanza di Nord.

Di tutto il comando Pan era l'unico contrario. Belloni si era subito detto entusiasta e non c'era da sperare che la debolezza lasciatagli dalla febbre gli modificasse le idee. Athos non viveva piú che per il giorno della calata su Valla. «Prima città liberata al nord!» Bob lo stesso, sebbene fosse mosso principalmente dalla curiosità. L'aveva detto, voleva immaginarsi la faccia di Mussolini quando i tirapiedi gli annunziassero che i partigiani avevano preso Valla. Una città in pianura, con trentamila abitanti, varie industrie e una stazione ferroviaria di prima classe. Quanto a Ercole, avrebbe seguito Nord nei fascisti, come dire all'inferno. Ercole ne era semplicemente innamorato, costituiva l'exploit supremo dell'ascendente fisico di Nord. La missione inglese nell'impresa di Valla c'entrava poco o niente. Se interpellato, il maggiore Boyle avrebbe aggiunto il suo sí. Sotto sotto ardeva di poter trasmettere ai suoi comandi un grosso dispaccio.

Pan si chinò sulla ringhiera della veranda e guardò lungo il pendio a sinistra della casa. Nella radura piú vicina una squadra di ragazzi stava montando una linea telefonica aggiuntiva. Lavoravano sodo, chiacchierando e ridendo.

Pan scosse la testa. «Valla sarà un disastro. Lanciare duemila ragazzi in bocca ai mangiatori di uomini. Se la cavano sí e no nelle imboscate e nelle azioni minime... nossignore, li schiereremo in battaglia campale, contro i loro battaglioni di arditi. Metà di loro non sono mai stati al fuoco vero e proprio. Molti non hanno ancora sparato un colpo, nemmeno per prova, qualcuno non sa nemmeno se la sua arma è in sicura o no. Nossignore, scenderemo in campo aperto. Li faremo ghignare come mai. Invece di manovrare in modo che battano i denti a vuoto gli offriamo forchettate di ragazzi. Ma la libertà costa cara. Sí, costa cara in ragazzini. E inoltre la libertà è un bene fisico, un bene di consumo per i vivi. Questo dove l'ho letto? Chi l'ha detto? Un inglese credo».

I genieri nella radura lavoravano e ridevano.

«Io non ho mai riso nei partigiani», si disse Pan. «Nell'esercito ridevo come un pazzo. Dio quanto ho riso all'entrata trionfale in Mentone! E anche dopo, anche in Croazia, qualche sana risata me la sono ancora fatta. Ma qui, nei partigiani, non ho mai riso. Gli altri ridono. Nord ride, e ridendo mi chiama Quinto Fabio Massimo il Temporeggiatore. Perché non voglio offrire forchettate di ragazzini ai mangiatori di uomini».

Il centralinista cercava di lui. Athos dal comando di Gildo.

– Athos? È andata?

– O.K., salvo sorprese future. Saunders ha controllato gli uomini, visto e approvato il campo di lancio, prese le coordinate. Io ho dettato i messaggi.

– All right, come dicono loro. Qual è il positivo?

– Tuono a sinistra, – rispose Athos.

– Puzzolentemente letterario. Tornate subito?

– No, Pan, faremo tardissimo. Saunders si è innamorato della staffetta di Gildo. Colpo di fulmine. Gli va il tipo zingaro.

Pan riattaccò. Non ritornò alla veranda ma si diresse verso l'uscita. Nell'ultima stanza c'era Schimmel, il diser-

CAPITOLO OTTAVO

tore austriaco. Era patetico, educatissimo, sempre freddoloso. Anche oggi, con 30 gradi, teneva sulle spalle il suo pastrano Wehrmacht. Tanto per fare qualcosa stava traducendo vecchi bandi di Kesselring. Schimmel scattò in piedi e sull'attenti.

– Stia giú. Giú, per favore, – disse Pan torcendo la testa.

Fuori, la terra battuta dello spiazzo cricchiava al sole. Avviandosi alla pergola diede un'occhiata alla casina a destra dove alloggiava la missione inglese. Era perfettamente silenziosa, con tutte le imposte chiuse.

Pan entrò sotto la pergola ma non si sedette.

«Io forse esagero. I ragazzi il mestiere un pochino lo sanno. Valla è e rimane un'assurdità dalle conseguenze tragiche. Prenderla sarà facile, forse un ridere. La guarnigione è un burro. È probabile che si squaglierà oltre il fiume come noi ci affacceremo all'ultima collina. La tragedia verrà con la difesa. Per ovvie ragioni i fascisti non potranno lasciarcela piú che tanto e verranno a riprendersela con le loro migliori unità. Forse con l'appoggio di qualche compagnia tedesca. E, per il prestigio, Nord e Lampus accetteranno di difenderla in campo aperto. Quella contro il prestigio sarà la mia prossima battaglia perduta. E cosí i minorenni si troveranno dinnanzi veterani, carri armati e artiglieria. E qualcuno di loro si chiederà come si fa a togliere la sicura. Il giorno che riprenderanno Valla i fascisti ammazzeranno tanti di noi come nemmeno in un secolo di sortite e rastrellamenti».

Si sedette al tavolo di graniglia. Poi estrasse la pipa e prese a caricarla di tabacco regalatogli dal maggiore Boyle.

«A parte Valla, io certo esagero. I ragazzi il mestiere un pochino lo sanno. Ma che illusioni si facevano Mussolini e Farinacci, e quella lurida faccia meticcia di Pavolini e quel criminale di Graziani? Di avere in esclusiva la capacità di terrore e di violenza? Ma ad ammazzare il prossimo si impara in ventiquattr'ore!»

Sentí sollevarsi la sbarra del posto di blocco ma non alzò la testa.

«E i ragazzi hanno spirito. Se i soldati del Regio all'otto settembre avessero avuto un decimo di questo spirito, non sarebbe finita come finí. E questo non sarebbe cominciato. E fra un paio d'ore io prenderei il tè con mia moglie. Mi manchi terribilmente. Se io ti manco un decimo di quanto tu a me, per te non è vita. Fortuna che non abbiamo fatto figli. Ne avremo dopo, piú d'uno. La casa allora sarà presto pronta per ricevere figli. I nostri e quelli degli altri. Sarà una casetta decorosa, amabile, dipinta ed arredata al gusto normale, senza un grano di sporcizia, nemmeno negli angolini. Uomini saranno padri e muratori. Edo Belloni dice che subito dopo lui emigrerà. Basta con l'Europa, gli ha fatto troppo schifo e spavento. Via via, Venezuela, Argentina, magari Patagonia. E bravo, dico io! Proprio quando bisogna rimanere. Ah! se penso che ho dovuto mettermi coi ragazzini per sentirmi uomo. Se penso che avrei potuto perdere quest'unica possibilità di essere uomo – per tanti motivi, paura, comodità, tu[tto] – mi sento per la schiena il freddo della morte».

Pan alzò gli occhi e vide Milton in attesa fuori della pergola.

– Vieni avanti. Devi ancora mangiare?

– Ho mangiato alla mensa di Coasso.

– Hai sete?

– Ho bevuto un attimo fa al posto di blocco, – disse Milton posando la carabina e sedendosi di fronte a Pan.

– Dove sono gli inglesi?

– Calma. Sono appena le 2,35. Prima delle 3 non danno udienza. Fanno la siesta. È l'unica cosa che hanno assimilato.

– Come andiamo, Pan?

– Commettiamo un sacco di errori, non sappiamo fare la nostra guerra. Perez come sta?

– Benissimo. Anche Leo.

– Perez è buono e noioso come un angelo.

– Io lo trovo solo buono, – disse Milton.

– Stavi meglio con Perez o con Leo?

– Indifferente.

Pan vuotò la pipa. – Leo è leggermente piú irregolare di Perez, non è vero?

– Sí, nel senso che non fa cose irregolari ma le concepisce. Che ore sono?

– Non sono passati che due minuti. Sai il lavoro che si richiede da te?

– Il diplomatico.

– E come conti di fare? A chi ti attaccherai? Non al maggiore Boyle.

– No di certo.

– Ti avverto che il capitano Saunders è via e tornerà molto tardi.

– Non ci contavo. Abbottonato perché intelligente.

– Resta il tenente Mannion.

– Tanto meno. Abbottonato perché imbecille.

– Pare anche a me. Come farai allora?

– Mi attaccherò a McGrath. Il sergente canterà sapendo di cantare. Pan, dove stanno gli inglesi?

Pan indicò la casina isolata. – Ma è ancora presto. Dammi una delle tue sigarette e non mi eccitare.

Milton gli porse il pacchetto di Navycut. – Pan, se io mi sbrigo, se ottengo l'informazione e ve la passo, subito dopo posso tornarmene a Mangano?

– Nemmeno per sogno. Nord ti vuole fisso qui.

– Nemmeno per sogno. Io non posso e non voglio fermarmi.

Pan dissipò il fumo davanti ai suoi occhi. – Ma che hai? Sembri sulla sedia elettrica.

– È che ho altro da fare. Lontano da qui.

– Rinunciaci, – disse Pan. – Il tuo lavoro è qui. Un lavoro importante, utile a tutta la divisione.

– Ne ho un altro.

– Importante come questo?

– Di piú.

– Ma perché vuoi fare due lavori? Perché darsi da fare il doppio del normale?

– Dunque, Pan, tu non mi lascerai andare?

– Te l'ho detto.

– Vorrai sapere perché mi dò da fare il doppio del normale. Mi costringi a dire quello che non ho mai detto.

– Lo terrò per me, – disse Pan.

– Perché mi hanno bruciato due volte.

– Come cittadino e come che altro?

– Come figlio.

– Che hanno fatto a tuo padre?

– L'hanno fucilato. Per rappresaglia.

– Per qualcosa fatto da te?

– Anch'io c'entravo, ma fu il fatto di tutta una città. Lo scorso novembre. Andammo a liberare dal carcere i famigliari dei renitenti alla leva. Certo facemmo un chiasso d'inferno e minacciammo l'iradiddio. Ma non demmo uno schiaffo. Loro fucilarono.

– Ti accompagno dagli inglesi, – disse Pan senza muoversi. – Dove hai questo altro lavoro?

– Appena fuori di Marca.

– Sta' attento. Non puoi concedere anche il figlio ai mangiatori di uomini.

– Starò attento, – disse Milton accennando ad alzarsi.

CAPITOLO OTTAVO

Pan restò seduto. – Lo fai per pura vedetta?

– No, – disse Milton, – ho letto troppi libri per ingannarmi sulla vendetta. Sarei l'assetato che beve secchi d'acqua di mare.

– È cosí, – disse Pan.

– E la libertà è una cosa tanto grande che io posso anche dedicarle mio padre. Non lo faccio per vendetta. Lo faccio per abbreviare la guerra. Io sono convinto che in questo tipo di guerra, a differenza delle guerre regolari, uccidere il nemico è essenziale.

Pan si era alzato. – Andiamo, – sospirò. – Con Nord me la vedrò io. Ho un sacco di crediti con Nord. Vuol dire che ti scalerò. Appena sai vieni a riferirmi e io ti rimetto sulla strada di Mangano. Non mi ringraziare. Lo faccio perché ti credo un osso per i mangiatori di uomini.

Uscirono dalla pergola e si avviarono verso la casa della missione.

– Hai ancora tua madre? – domandò Pan andando.

– Sí. È andata a vivere in campagna e mi crede in Svizzera. Una sua sorella ha sposato un medico di Ginevra.

– E lei ti crede tranquillo e sicuro in casa di tua zia? Nell'Helvetia felix? Ma come saresti passato?

– In novembre esisteva ancora qualche possibilità, – rispose Milton, – facendo estrema attenzione e spendendo un sacco di soldi. Ma io non tentai nemmeno. Come vedi, mi fermai molto prima.

– Ma a cose finite tua madre verrà a sapere...

– Se tornerò vivo, mia madre non andrà a cercare altro. Se non tornerò...

– Ginevra, – disse di colpo Pan. – Qualche volta ci penso.

– C'eri stato?

– Tappa del mio viaggio di nozze. Qualche volta ci penso. Di notte, quando sento l'oppressione del buio. Il buio della natura e il buio degli uomini. Quando mi coglie la nausea di questa doppia notte allora per sollievo penso a Ginevra e cerco di ricordarmi il lungolago illuminato.

– Capisco, – disse Milton. – Pensi a Ginevra perché è l'unico posto al mondo che sia illuminato oggi come allora.

– Madrid è illuminata, – disse Pan, – Lisbona è illuminata. Anche Dublino. Ma io non ci sono mai stato, né a Madrid, né a Lisbona, né a Dublino. Tu eri già stato a Ginevra?

– Sí, nel '34.

– E che cosa ti piacque di piú di Ginevra?

– Non saprei. Ero piccolo. Forse i battelli che fanno il giro del lago.

– Va', – disse Pan. – Cerca di sbrigarti prima che rientri Nord. Il pericolo decorre dalle 5.

Milton andò verso la casa e Pan lo seguí con lo sguardo finché scantonò. Poi tornò al comando, a testa bassa, pensando. Infiniti sono i mali di una dittatura, pensava Pan, ma il peggiore è quello di rendere cattivi i buoni.

9

Qualcuno russava dietro la finestra tappata a pianterreno. Poteva essere il maggiore Boyle o il sergente McGrath. Milton andò all'angolo e osservò nel cortiletto.

C'erano soltanto i due radiotelegrafisti Perkins e Jackman. Jackman era seduto al piede di un fico e Perkins accosciato sugli scalini del portico sotto il quale stavano le radiotrasmittenti nei loro valigioni. Nessuno dei due notò Milton perché Jackman teneva d'occhio Perkins il quale fissava le radio.

– Non lo fare, – disse Jackman. – Il vecchio sentirà.

– Il vecchio russa, – rispose Perkins senza girar gli occhi.

– Anche l'ultima volta russava, ma poi sentí e ci levò la pelle. Anche a me che non c'entravo.

Perkins strisciò a sedere sul gradino superiore.

– Non farlo, – ripeté Jackman. – Quei cosi non sono per i trattenimenti musicali.

– Ho piú bisogno di musica che d'aria, – disse Perkins. – E sí che soffoco. È caldo da cuocere.

– E tu fa' come me, Dave. Lascia perdere la musica e concentrati col pensiero sull'acqua di casa tua. È proprio quello che stavo facendo io in questi minuti. Facevo una nuotata nel mio fiume, in una curva che noi chiamiamo del mulino di Twyll.

Perkins alzò le spalle e Jackman riprese: – Vale la pena, dico io, di farsi scorticare dal vecchio per sentire gli strilli di una banda di negri? – I negri Jackman li chiamava darkies.

– Tu, Leslie, – disse Perkins, – hai la prerogativa di non capir niente degli americani. E, tieni a mente, chi ha questo difetto non ha futuro.

– E tu, Dave, esageri con questi tuoi americani. Pur di assomigliargli arrivi a tutto, fino all'indecenza. D'accordo che sono sulla cresta dell'onda, ma per quanto li riguarda io sono e resto dell'opinione del sergente. Gli americani non sono che coglioni motorizzati.

Milton rise e passò nel cortiletto.

Non si vedevano da un paio di mesi, da quando la missione inglese si era ritirata davanti a una improvvisa puntata in forze dei fascisti di Marca sulle posizioni di Nord. E Milton era stato aggregato al gruppetto inglese in fuga verso Orisio per salvare le persone e le radio.

– Come state, Jackman?

– Bene, big boy. Cioè in panciolle. È solo caldo da cuocere e questo è potentemente strano con le grandi montagne in piena vista.

– Come state, Perkins?

– Sopportabilmente male. Soffro di nostalgia.

– Di casa?

– Tuts, nostalgia di Napoli.

– Dave, – disse Jackman – fa' sentire al big boy come usavi chiamare le ragazze in Napoli.

– A 'uagliona! – gridò Perkins e Jackman rise come un matto.

Milton andò a sedersi accanto a Perkins sui gradini del portico.

– Il sergente McGrath?

Sarebbe sceso a minuti, rispose Jackman.

– Non è lui che russa in quella sana grande maniera?

CAPITOLO NONO

– No, – disse Perkins, – è il vecchio che russa. Il bloody vecchio da Città del Capo.

Milton respirò di sollievo. Per le 17 ce l'avrebbe certamente fatta. Anzi per quell'ora sarebbe già stato lontano. Se no, Nord l'avrebbe trattenuto al comando per settimane e forse mesi, e probabilmente gli avrebbe messo alle costole una delle sue guardie del corpo.

– A proposito, big boy, – disse Jackman, – a pensarci bene ho anch'io una particolare nostalgia.

– E quale?

– Nostalgia di Orisio.

– Well yes, – disse Milton ricordandosi. – Sebbene, Jackman, dobbiate averne una nebbiosa nostalgia, dato che dormiste tutto il tempo.

Orisio era il paese a cui si era diretta la missione inglese dal comando di Nord sotto attacco. Non avevano sostato in paese ma in una vecchia villa isolata sull'orlo di un precipizio. Quella villa era l'oggetto della nostalgia di Jackman. Era insieme sinistra e confortevole, ancora lussuosa e già cadente. Ci viveva solo una vecchia custode che già tremava del rumore della battaglia dietro appena due versanti e ancora piú tremò quando dovette aprire a quel gruppo di armati uno solo dei quali parlava la sua lingua. Fece entrare e sparí immediatamente. C'erano divani e poltrone, due bottiglie di cognac bevibile, un pianoforte e un grammofono. Bevvero cognac e ascoltarono il disco di Rhapsody in Blue. Il tenente Mannion disse di preferire la esecuzione di Peerless. Poi il maggiore Boyle si scusò e si ritirò nell'altra stanza per un pisolino. Il maggiore Boyle faceva sonni brevi e frequenti. Il rumore della battaglia diminuiva. Il cielo si anneriva, il tempo voltava alla pioggia. Il sergente McGrath col naso contro i vetri aspettava i primi goccioloni e intanto diceva: «Bene, bene. Non c'è niente di meglio di una buona pioggia per spegnere una bluidy battaglia». Il capitano Saunders constatò in quel momento di aver dimenticato l'impermeabile nel comando di Nord ed espresse il timore che finisse sulle spalle di un fascista. Saunders i fascisti li chiamava beggars. Pioveva. Il sergente imbracciò il Thompson e uscí a controllare che le radio fossero ben riparate e a veder piovere. Jackman, sprofondato nella poltrona piú grande, dormiva dal principio. Il tenente Mannion si era seduto al pianoforte ma non ne aveva ancora scoperchiato la tastiera. Il rumore della battaglia svaní, in un momento in cui la pioggia rinforzava. Perkins ascoltò qualche altro minuto, poi disse: «È finita. Forse hanno vinto i partigiani». Milton scosse la testa. «Essi hanno perduto». «Come lo sapete?» «Essi sempre perdono questo genere di battaglie». «Sorry», disse Perkins. Allora il capitano Saunders si avvicinò a Perkins con la bottiglia del cognac e disse «Comodo, Perkins, e porgetemi il bicchiere. Vi prego, ora bevete ai perdenti». «Certamente, signore. Grazie, signore». Jackman dormiva sempre sodo. Milton si era affacciato alla finestra e osservava la collina per la quale sarebbero scesi i suoi compagni in ritirata o in rotta. Al momento il crinale e il versante erano deserti. Dalla terra si alzava una nebbia. Era cessato di piovere e Milton poteva distinguere fra lo stillicidio dagli alberi il passo di McGrath sul terreno molle. Il capitano Saunders scoreggiava liberamente. Il versante rimaneva deserto in ogni sua strada, sentiero e radura. Si sono ritirati di fianco, pensò Milton, il vecchio Pan ha di queste buone idee. Il tenente Mannion prese a suonare e nemmeno allora Jackman si svegliò. Aveva sí gli occhi semiaperti ma dormiva col cuore. Mannion suonava nello stile di Charlie Kuhntz e suonò una dozzina di motivi. Milton voltò le spalle alla finestra e si lasciò prendere dalla musica. Poi pregò Mannion di rifargli «Over the Rainbow» e Mannion lo accontentò con un sorriso im-

CAPITOLO NONO

prevedibilmente geniale. Di colpo Milton si stancò della musica e decise di raggiungere McGrath all'aperto. Nel corridoio scuro sentí singhiozzare dietro una porticina. La spinse e vide la vecchia custode a una finestra. Guardava alla collina dirimpetto e singhiozzava debolmente. Milton le si affiancò e guardò da quella parte. Sopra il crinale, in direzione del paese di Nord, sorgevano quindici, diciotto torri di fumo nero e grasso, cosí solide che nemmeno la pioggia ripresa riusciva a farle oscillare un po'. La vecchia si voltò verso Milton. «I signori sono inglesi?» «Quegli altri», rispose Milton.

– Voi dormiste tutto il tempo, Jackman, – ripeté Milton.

L'inglese si aggrottò. – Ne siete ben sicuro?

– Quite. Tanto che il mio ricordo piú preciso di quel giorno è proprio che voi dormiste tutto il tempo.

– Questo è potentemente strano, – disse Jackman. – Ma ecco qui il sergente.

Il sergente McGrath era comparso sotto il portico. Si fermò un attimo presso le radio e poi venne avanti. Teneva in mano il libretto delle storielle scozzesi di Sir Henry Lauder.

– Howdyedo, Mr Guerrilla?

– Sono di passaggio, – rispose Milton, – e ho pensato di dare un'occhiata. Voi come state, sergente?

– Benissimo, cioè come se non ci fosse una guerra su. Che cosa posso fare per voi? Per intanto vi piacerebbe dare un'occhiata a questo? Storielle del vecchio paese. Ce ne sono di molto buone, checché ne dica Perkins di Londra.

– Grazie, ma leggere non mi attira piú.

– Questo è male, specie per un ragazzo dall'alta fronte come voi. Che altro posso fare? Underwear, tabacco, caramelle...?

– Se non vi disturba, – disse Milton, – vi cresce qualche colpo di Colt?

McGrath gli disse di aspettare e rientrò in casa.

Milton scoprí il polso e lesse l'ora.

Jackman disse: – Avete un meraviglioso orologio, big boy. Ma che idea essere venuto alle guerre con un oggetto talmente prezioso?

– Avete ragione, – disse Milton, – ma mi ci trovai dentro di colpo.

– Noi non cosí. Noi avemmo abbondanza di tempo.

Tornò il sergente e consegnò a Milton una scatolina di colpi calibro 12.

– Grazie di questa scatoletta cosí piccola e cosí pesante. Spero di non avervi incomodato.

– Non vi preoccupate, – disse il sergente sedendo accanto a Milton. – Non ho ancora sparato un colpo e ho ferma speranza di non averne a sparare mai. Non vi preoccupate.

– È davvero spiacevole che ci lasciate, – disse allora Milton.

– Che cosa? – fece il sergente.

– E cosí ci lasciate.

– Noi partiamo da voi? Ho inteso bene? È la prima che sento.

– Io l'ho sentita da Pan e Pan è serio.

– L'ufficiale Pan è uomo molto serio, forse il piú serio, ma non può sapere di queste cose.

– Avrò frainteso io, – disse Milton. – Forse ci lascia solo un vostro ufficiale.

– Questo è leggermente piú sensato.

– Il tenente Mannion?

– Il capitano Saunders.

– È un peccato, – disse Milton.

– Egli andrà presto in qualche parte al di là del fiume, a

CAPITOLO NONO 77

fare non so che bluidy job, in qualche parte della bluidy terra piatta. Proprio non vorrei essere al posto dell'uomo Saunders.

– Le radio si muovono da qui?
– Dio proibisca!
– Scende qualcuno in sostituzione del capitano Saunders?
– Sí, aspettiamo un ufficiale fresco.
– Sergente? – chiamò Perkins. – Qual è la vostra attrice preferita?
– Lupe Velez, – dichiarò McGrath.
– Quella di Jackman è Jessie Matthews.
– Carina, – disse il sergente. – E la tua?
– Jinx Falkenburg.
– E chi è? Chi è questa Minx Falkenburg mai sentita nominare?
– Una stella americana.
– Sorpresa, – brontolò Jackman.
– Mai sentita nominare. Dove diavolo ti è capitato di vederla?
– A Napoli, su una copertina americana.
Jackman protestò. Si parlava di attrici, non di cover-girls.
– È anche attrice, – disse Perkins. – E una grande attrice, a sentire i miei amici americani. Volete sapere com'era vestita nella foto?
– Non era vestita per niente, – anticipò il sergente.
– Aveva un due pezzi di pelle di leopardo.
– F...! – disse Jackman.
– Potete dirmi una cosa, sergente McGrath? – domandò Milton. – Che cosa pensa di noi il maggiore Boyle? A noi non pare soddisfatto, a giudicare dalla sua faccia.
– Voi non deducete mai nulla dalla sua bluidy faccia. Il maggiore è malato, ecco tutto. Era già malato quando salí

sull'aereo ed ebbe una grave scossa quando si lanciò e atterrò sull'alto alto albero. Il maggiore è estremamente soddisfatto di voi. La sua bluidy faccia non rispecchia altro che il suo bluidy fegato malato. Il maggiore è estremamente soddisfatto di voi. Voi gli piacete molto di piú di quella divisione dove stavamo prima. Quella dell'uomo Lampus.

– Questo è molto interessante, – disse Milton.

– Sí, ma non riditelo a Nord. Per non guastarlo. Il vostro capo Nord è altamente guastabile. Out of his very handsomeness.

– Gli dirò soltanto che resterete con noi per un altro bel po'.

– Dio conceda fino alla fine, – disse McGrath.

– Ma vi trovate tanto bene?

– Celestialmente. Pensate se fossi col grosso. Granatieri tedeschi e metà paga di qui.

Dal pendio antistante venne una voce rauca.

– The bloody snob, – disse subito Perkins. Diceva del tenente Mannion. – Il bloody snob va a farsi la cavalcatina pomeridiana.

E Jackman: – Pensate che perderemmo questa importante guerra se il tenente Mannion non si facesse la cavalcatina pomeridiana?

– Lasciate fuori l'ufficiale, – disse il sergente.

Il tenente Mannion venne in vista nel mezzo del pendio a valle della casa. Stava infilandosi i guanti e guardava la posizione del sole. Poi girò la testa verso la parte da dove spuntò una guardia del corpo di Nord con un cavallo alla corda. Era una bestia da tiro, pesantissima e non piú giovane. La guardia del corpo salutò militarmente. Mannion inforcò il cavallo e lo diresse al passo al limite del fondovalle. Poi lo virò e subito lo spinse al galoppo. La corsa del bestione era tremendamente goffa e rimbom-

CAPITOLO NONO

bante. Mannion montava rannicchiato e bestemmiava «Christ! Christ!»

– Quello, – disse Perkins. – Se almeno potesse specchiarsi in groppa a quel bestione da lattaio. È proprio identico ai bestioni che giravano per il latte a Tott'nim Court, quando Davide Perkins era marmocchio e chi gli avesse detto che lo aspettava una guerra e queste bloody colline italiane...

Al secondo passaggio il cavallo era già tutto coperto di schiuma.

Jackman torse la testa. – Non posso guardar oltre quel disgraziato quadrupede.

– Uno schiaffo, – disse Perkins. – Ognuno di noi preferisce stare al caldo con Saunders piuttosto che al fresco con Mannion. Ma è Saunders che se ne va. E questo è un bloody schiaffo al nostro diritto alla felicità, all'infallibilità degli alti comandi e anche ai principi della zoofilia.

Si sentivano le bestemmie di Mannion e si vedeva la guardia del corpo di Nord che faceva al tenente grandi gesti di incitamento e di ammirazione.

Milton guardò l'orologio e poi il cavallo. La bestia era visibilmente sfinita. E lui doveva muoversi. Dieci minuti per riferire a Pan, e via, diritto per i boschi, al largo delle strade percorse dalle macchine del comando di Nord. Sarebbe arrivato al tramonto al presidio di Coasso, lí avrebbe cenato e dormito cinque o sei ore, dimodoché sarebbe arrivato a Mangano all'alba dell'indomani e poi a San Quirico comodamente per mezzogiorno.

– Da che parte rientra il tenente Mannion? – domandò.

– Dritto da questa parte. A rinfrescarsi.

Milton si alzò. – Io non ne voglio di lui. Con voi resterei fino al buio, ma di lui non ne voglio.

– È umano, – disse Jackman. – Vedete un po' i vantaggi dell'essere un irregolare.

Il sergente lo accompagnava fin sullo spiazzo del comando di Nord. Erano le quattro.

Andando McGrath disse: – Vi rivedremo sempre volentieri, big boy. Quindi state attento ai fascisti –. Anche McGrath i fascisti li chiamava beggars.

– Non posso, – rispose Milton. – Li amo troppo.

– Che volete dire?

– Anch'essi mi amano molto. E due che si amano si cercano.

– Non capisco bene.

– Non è come tra voi e i tedeschi.

– A proposito, big boy, state particolarmente alla larga dai tedeschi.

– Questo è piú naturale. Non li amo abbastanza. Il loro sangue non è abbastanza rosso, il loro fiele non è abbastanza verde.

Erano arrivati al margine dello spiazzo. Non c'era che Pablo seduto su un masso e scorreva lo sguardo sui boschi vicini e lontani. Dentro la casa una macchina per scrivere ticchettava.

Disse il sergente: – Io non so che cosa vogliate dire col sangue e col fiele, ma vi ripeto: evitate i tedeschi.

– I tedeschi sono molto meno pericolosi.

– You're crazy! I tedeschi meno pericolosi dei beggars!?

– Indeed, – disse calmo Milton. – Guardate lungo il mio dito, sergente.

Gli indicava il vallone che crepacciava l'altipiano brullo fra la cornice dei boschi.

– Vedete quel vallone? – continuò Milton. – Bene. Se io fossi inseguito dai vostri tedeschi e mi tagliassero la ritirata verso i boschi, è proprio in quel vallone che io mi but-

CAPITOLO NONO 81

terei. Perché so che laggiú i tedeschi non mi seguirebbero. Tutt'al piú butterebbero qualche bomba a mano a casaccio. Ma non scenderebbero a scovarmi laggiú. Perché non mi amano abbastanza. I beggars invece sí. Con loro alle calcagna io non mi butterei nel vallone perché coi beggars sarei spacciato anche laggiú. Essi mi amano e si calerebbero nel vallone per scovarmi e uccidermi. E allora tanto vale morire all'aperto. È un brutto morire in fondo a un vallone, con poca luce, acque di scolo ed erbacce schifose.

Il sergente scrollò la testa e guardava in terra.

– Ancora una cosa, – disse Milton. – Se io mi trovassi ad un bivio. Inseguire un tedesco ferito, facile, soltanto piú da finire, o inseguire un fascista sano ed intero, ancora pericoloso. Ebbene, io mi metterei dietro il fascista.

– Io sono confuso, big boy, – disse McGrath. – Non capirò mai la guerriglia e credo che non avrò altra occasione oltre questa.

– Voi siete a posto, – disse Milton. – Non vi si chiede di essere altro che quello che siete. Un buon sergente dell'esercito di Sua Maestà.

– Con tutti i documenti in regola, – disse il sergente tastando la tasca dove teneva i suoi documenti militari.

– Coi tedeschi vi verranno forse buoni, – disse Milton. – Se è destino che vi vada male pregate vi vada male coi tedeschi. I beggars non sanno leggere. Capito?

– Carta straccia? Grazie per la maschia informazione.

– Ne sono dolente.

McGrath era pensieroso ma niente affatto agitato.
– Ecco perché, – disse poi, – ecco perché voi partigiani non mi sembravate invidiarci troppo la nostra posizione.

– Infatti, – disse Milton. – Ma è anche per un'altra ragione. Noi siamo piú disperati ma anche piú tranquilli di voi. La guerra ci dà e ci prende piú che a voi. You may scoff at me, ma noi siamo qualcosa di piú di voi.

McGrath sgranò gli occhi, ma sorrise e disse: – Bene, non ci metteremo certo a litigare per questo.

Dal cortiletto veniva un cantare. La voce era di Jackman.

– What is he humming? – domandò Milton.

Il sergente tese l'orecchio e riconobbe il motivo.

> There'll always be an England
> Where there's a country lane,
> As long as there's a cottage smell...

McGrath sorrise. – Una vecchia canzone dei bastardi inglesi.

– E questa la conoscete? – disse Milton. – Solamente le parole:

> I hate you, I detest you, I loath you,
> But Oh why don't you kiss me again?

– No, non conosco. Che cos'è?

– Roba delle vostre parti. Il mio attuale canto di guerra.

– Un canto di guerra coi baci? Non capisco.

– Non è importante. Goodbye, Forlorn Hope.

– So long, Mr Guerrilla.

Domandò Gilera a Oscar: – Tu non hai fatto come Jack e Maté il passaggio dalla Stella Rossa?

Stavano finendo il loro turno di guardia nei pressi del cimitero di Mang[an]o. Il giorno era completamente fatto e c'erano già per aria alcuni rumori ma tutti pacifici.

– Io no, – rispose Oscar, – io entrai direttamente nei badogliani. Io veramente mi ero già deciso per la Stella Rossa ma mio cugino Alfredo che si era arruolato una settimana prima all'atto della partenza mi aveva consigliato di attendere sue informazioni. Io aspettai e in capo a dieci giorni ricevetti la seguente cartolina: «Il padrone paga male, Alfredo». Ci voleva poco a capire che qualcosa nella Stella Rossa non girava a suo gusto e, siccome io e mio cugino avevamo all'incirca lo stesso carattere e le medesime esigenze, la sera stessa io andai ad arruolarmi nei badogliani.

– Ah, per te andò cosí, – disse Gilera.

– Veramente, – proseguí Oscar, – per i primi due giorni mio cugino si era trovato discretamente, ma questo perché era assente il commissario di guerra. Era sceso in fondovalle per fare propaganda. Ma al terzo giorno il commissario tornò e tornando domandò che cosa c'era di nuovo e di nuovo non c'era altro che mio cugino. Questo commissario era delle parti di Brescia, si chiamava Ferdi e avrà avuto trentacinque anni. Mio cugino gli si presenta dinnanzi e Ferdi gli fa: «Tu saresti un partigiano?» «E non vede?» risponde mio cugino, che era tutto equipaggiato da montagna (parlo del febbraio), col moschetto e la borsetta delle munizioni. «Dammi del tu», gli dice il commissario. «E non vedi?» ripete mio cugino. «Cosí tu saresti un partigiano», dice il commissario esaminandolo dalla testa ai piedi. «Scusa, ma se mi vuoi tirare la giacca...» dice a questo punto mio cugino. «Ma nemmeno per sogno», fa il commissario. «Vedo bene che sei un partigiano. E qual è la tua idea?» «Quella di ammazzare i fascisti», dichiara pronto mio cugino. «Sufficiente, – dice il commissario Ferdi, – per cominciare è piú che sufficiente. E come farai ad ammazzarne?» «Farò del mio meglio, – dice mio cugino, – cercherò di sfruttare tutte le occasioni. Cercherò di ammazzarne sia andandoli a cercare sia aspettandoli al varco quando saliranno per ammazzare noi». «Benissimo, – dice Ferdi. – E non hai mica scrupoli ad ammazzarli?» «Nessunissimo scrupolo, – risponde mio cugino. – Perché averne? I fascisti non sono mica uomini. È piú peccato schiacciare una formica che uccidere un fascista».

– Io avrei risposto tal quale, – disse Gilera.

– Ferdi sembrava abbastanza soddisfatto ma ciononostante non lo lasciava ancora in libertà. Anzi, tutto d'un tratto gli rifà: «Dunque tu saresti un partigiano». E mio cugino gli risponde un po' seccato: «Lo sono sí, a meno che non mi trovi in mezzo a un sogno». Allora il commissario dice: «Cerchiamo un po' di stabilire che razza di partigiano sei». «Sono a tua disposizione», risponde mio cugino. Rispose pronto ma dentro di sé era un po' affannato, perché il commissario Ferdi gli pareva il tipo di ordinargli come capolavoro di scendere immediatamente a D...i e prendere da solo il bunker che stava all'ingresso del paese. O un'altra cosetta del genere. Comunque rispose pronto: «Sono a tua disposizione». Ferdi dovette legger-

CAPITOLO DECIMO

gli nel pensiero perché subito gli disse: «Lo stabiliamo in teoria, per ora», e mio cugino tirò il fiato e stette ad ascoltarlo con la massima attenzione. E il commissario comincia. «Rispondimi, partigiano. Tu hai una sorella, se non l'hai immagina di averne una. Hai una sorella che per combinazione è bella e appetitosa. La tua città è occupata dai fascisti, stabilmente occupata. Questa tua sorella piace, o potrebbe piacere, a un ufficiale della guarnigione fascista della tua città. Ora, far fuori un ufficiale fascista è cosa d'importanza...» «Della massima importanza», dice mio cugino. «Fin qui ci siamo, – dice Ferdi. – A questo maledetto ufficiale fascista tu ti provi a montargli dei trucchi, delle trappole, lo apposti per delle ore, per dei giorni ed in località diverse, ma lui non ci casca mai, oppure è la sua fortunaccia pura e semplice che lo tiene lontano da te. A questo punto, partigiano: tu ti sentiresti di convincere e mandare tua sorella a far l'amore con questo ufficiale fascista, naturalmente in un luogo ben studiato, in collina o sugli argini del fiume, cioè in un posto isolato dove tu potrai liquidarlo con sicurezza e tranquillità? Aspetta a rispondermi. Naturalmente può anche succedere che per un contrattempo qualunque tu arrivi ad ammazzarlo quando lui ha già fatto tutto il fattibile con tua sorella. Adesso rispondimi». «Io no, – risponde netto mio cugino, – io non mi sento affatto di usare cosí mia sorella, non mi passa nemmeno a un chilometro dal cranio». «E va bene, – osserva Ferdi senza scomporsi. – Tu sei un partigiano e queste cose non le fai. Sei un partigiano, l'hai detto tu stesso e ne sei pienamente convinto, però questo genere di cose non le fai». «Io no di certo», ripete mio cugino. «Questo punto allora è chiarito, – riprende Ferdi sempre calmo. – Facciamo un altro caso. Immaginiamo che un bel gruppetto di ufficiali sia in pensione nel tal ristorante della tua città. Pranzano sempre nella sala che dà nel cortile che a sua volta dà in quella certa strada. Tu conosci bene tutte le vie, tutte le piazze, tutti i cortili e i vicoli e i buchi della tua città perché per una infinità di estati ci hai giocato a nasconderello tutte le sere». «Come il palmo della mia mano», dice mio cugino. «Benissimo, – dice Ferdi e continua: – Un bel giorno, non dico che sia domani o posdomani, ma un bel giorno qualsiasi tu dici a te stesso: "Voglio fare qualcosa di speciale. Sono stufo di fare puramente e semplicemente il mio dovere e voglio fare qualcosa di speciale"». «Sí», dice mio cugino con molta fermezza ma in realtà senza sapere dove il commissario volesse parare con quel ristorante, quei vicoli ecc. ecc. E il commissario continua: «Decidi insomma di andare a tirare una buona bomba a mano nella sala di quel ristorante proprio quando gli ufficiali fascisti sono tutti a tavola. D'accordo? E cosí fai. Ti travesti in borghese, con la tua brava bomba sotto la camicia e naturalmente con un giro di imbottitura intorno al torace perché la gobba della bomba non risalti troppo, e scendi alla tua città. Ci entri non per le porte che sono tutte bloccate e sorvegliate, ma ci entri per un qualche buco che tu conosci perfettamente perché quella è la tua città. Entri e dato che conosci le vie a menadito, nascondendoti di uscio in portone, riparandoti dietro colonne, passando per cortili comunicanti e cosí via, riesci ad avvicinarti al cortile di quel tale ristorante. È mezzogiorno passato. Finalmente sbuchi nella strada che dà in quel famoso cortile su cui dà la sala da pranzo degli ufficiali. Ci sbuchi, mettiamo, dopo aver schivato per un pelo una loro ronda». «Già, – fa mio cugino serio serio, – bisogna tener presenti anche le loro ronde». «Certamente, – dice Ferdi e continua: – Ti affacci al cortile. Vuoto. C'è un portico che ti permetterà di arrivare defilato fino a pochi metri dalla finestra della sala. Avanzi sotto il portico. Già li senti sbattere le posate, chiacchierare e ridere. Arrivi all'ultima pila del portico. Da lí vedi benissimo la finestra. Sei molto fortunato. Una volta quella finestra era grigliata ma proprio ultimamente la griglia è stata levata. Anzi, sei eccezionalmente fortunato. Perché anche i vetri interni sono aperti, perché è la prima giornata veramente calda dell'anno, cosí per lanciare la tua bomba non avrai nemmeno da rompere i vetri». «Sí», dice mio cugino col sudore in fronte a venti gradi sotto zero. E Ferdi prosegue: «Con un gran salto passi contro il muro e di spalla e in punta di piedi ti accosti alla finestra. Scarti un pochino la testa e sei riuscito a intravvederli. Siedono tutti stretti e compatti, hanno tutti il naso nel piatto, puoi farne una strage. È materialmente impossibile che non ne fai una strage. Creperanno tutti in una frazione di secondo, ne resteranno dei pezzi appesi al lampadario. Ma... c'è un ma. A servire a tavola ci sono due camerierine, due servotte svelte e simpatiche, la piú vecchia avrà vent'anni. Tu tiri la bomba lo stesso...» «Io no! – grida mio cugino, – io la bomba non la tiro affatto. Con quelle due disgraziate fra i piedi io non la posso tirare. Io me ne torno come sono venuto». «Ma certo, – fa Ferdi passandosi una mano sulla fronte, – ma s'intende. Perché tu sei un partigiano. Ho capito. Ma facciamo ancora un caso». «Commissario, – dice mio cugino, – io per la verità ne avrei abbastanza. Se a te non spiace per me basterebbe cosí». Ma per Ferdi non bastava. «Aspetta, – dice, – questo è l'ultimo. Breve. Parliamo ancora della tua città. Tu ami la tua città. Ci sei nato, ti ci trovavi bene, contavi di non lasciarla mai, speravi di morirci in pace e dopo un ragionevole numero di anni. Ma la tua città adesso è occupata dai fascisti. Tu questo non lo sopporti, il pensiero della tua città occupata, appestata da loro non ti lascia dormire, se ci pensi ti crocchiano i denti e ti si intorbida la vista e senti un grande odio per loro e una grande vergogna di te stesso». «Sí», dice mio cugino che già si sentiva un cranio doppio di quello di Mussolini. «Procediamo, – insiste il commissario. – La guarnigione fascista nella tua città è molto forte. Non perché la tua città sia molto importante per se stessa ma perché è collocata allo sbocco di due o tre valli». «Capisco bene», dice mio cugino. E Ferdi: «Cosí come stanno le cose, la tua città per noi è imprendibile. Nemmeno se fossimo in cinquecento di piú e armati a puntino possiamo sognarci di prenderla. Potremmo prenderla solo se intervenisse un fatto esterno che non solo falcidiasse la guarnigione ma le mettesse per giunta un bel po' di panico. Comprendi?» «Mica tanto», confessa mio cugino. «Parlo di un bombardamento aereo, – gli spiega il commissario. – Una mezza dozzina di cacciabombardieri inglesi che arrivano sopra all'improvviso e sganciano da bassissima quota. Gli inglesi, si sa, non bombardano troppo bene. Ciò significa che per una bomba che finirà sulla caserma nove cascheranno sull'abitato. Ti dico subito che non si potrà né si dovrà avvertire la popolazione perché se lo viene a sapere qualche borghese fascista o venduto immediatamente lo rifischia ai soldati i quali potranno prendere provvedimenti per salvarsi da questo attacco aereo. Nella città naturalmente abitano anche tuo padre e tua madre ma come tutti gli altri non sanno niente di quello che sta loro sulla testa. Una delle nove bombe su dieci che cascheranno fuori della caserma può benissimo finire su casa tua. Dimmi: tu chiameresti gli inglesi a bombardare la tua città?» «Ma tu sei matto! – grida mio cugino, – tu sei peggio che matto! Ma io, per liberare la mia città, io piuttosto aspetto fino a novant'anni!»

– E il commissario? – ridacchiò Gilera.
– Il commissario stavolta fece una smorfia terribile e gli scaraventò in faccia un'urlata quale mio cugino non si

CAPITOLO DECIMO 89

era mai ricevuto. Ma per la verità non ce l'aveva solo con lui, era furibondo con tutti e tutto. Sbraitava. «E tu sei un partigiano!? E voi sareste partigiani? E voi qui e voi là! Ma tornate tutti al premilitare! Anzi tornate tutti all'Asilo della Divina Provvidenza! Nanerottoli che volete fare un lavoro da giganti!» Mio cugino resisteva a stargli davanti, teneva gli occhi bassi ma resisteva a stargli davanti, e intanto era accorso qualcun altro al baccano infernale del commissario. «E voi sareste partigiani!? – continuava a urlare. – Ma non fatemi crepare dallo schifo. Torniamo tutti a casa, io compreso. Meglio, andiamo tutti a sotterrarci. Non stiamo qui a mangiare a tradimento il pane dei contadini». Insomma era uscito completamente dai gangheri. Quando finalmente gli parve che si fosse un po' calmato mio cugino gli si riavvicinò e gli chiese il permesso di andarsene. Gli giurò che non tornava a casa per denunciarsi al servizio del lavoro ma che semplicemente passava a un'altra formazione dove fossero contenti di lui cosí com'era. Ma il commissario gli posò una mano sulla spalla e con voce quasi normale lo invitò a restare, che avrebbero finito col capirsi, che si sarebbe poi trovato bene con lui e la sua brigata. E infatti mio cugino si è fermato nella Stella Rossa. Però il giorno stesso di quella polemica mi spedí la famosa cartolina «Il padrone paga male». Mi arrivò dopo una settimana perché la posta era già mezza scassata. Io seppi leggere tra le righe e la sera stessa mi presentai ai badogliani.

– Comunque, – osservò Gilera, – tuo cugino ha finito col rimanerci. Segno è che non si sta poi tanto male nella Stella Rossa e che il commissario avrà poi cambiato vela.

– Il commissario, – disse Oscar, – non so se cambiò vela. Ti so dire che molto presto tolse l'incomodo. Una mattina scese in pianura per incontrarsi con gente della sua idea ma nella stazione di M...í lo beccò una pattuglia di fascisti. Lo chiusero nel carcere di C...o dove gliene fecero di tutti i colori. Proprio quando stavano per finirlo arrivarono i tedeschi e lo vollero loro. I fascisti glielo cedettero e i tedeschi lo inganciarono per la gola.

– Madonna no, – fece Gilera parandosi il collo con una mano.

– Glielo fecero sul ponte di P...a. Alzarono un palo alla testata del ponte e gli trapassarono il collo con un gancio da macellaio.

– Madonna, – bisbigliò Gilera.

– Mio cugino dice che al comando della brigata si venne poi a sapere, io non so come, che a morire Ferdi ci mise 56 minuti. Lo alzarono con la fronte alle montagne. Quando lo inganciarono il sole stava facendosi rosso e quando constatarono la morte il sole era appena sparito dietro le montagne. Queste son cose che mi ha raccontato mio cugino l'ultima volta che ci siamo visti. Quindi cose abbastanza fresche.

– Perché? Non è molto che vi siete visti?

– Circa un mese fa, – rispose Oscar. – Sai l'ultima volta che ho chiesto permesso? Avevo appuntamento con lui. Ci siamo incontrati a Bonivello, che sta proprio a metà strada fra la nostra zona e la zona dei rossi, cosí nessuno si sforzava piú dell'altro. Ci siamo fatti servire pranzo all'osteria, a un tavolino accostato alla finestra per poter sorvegliare la strada, e mentre mangiavamo ci siamo raccontati come ce la passavamo, io nei badogliani e lui nella Stella Rossa. A un certo punto gli ho domandato se era comunista o se stava per diventarlo e mio cugino Alfredo mi ha risposto testuali parole.

– Dimmelo ché m'interessa.

– Testuali parole, – disse Oscar. – Non sono comunista e nemmeno lo diventerò. Ma se qualcuno, fossi anche tu,

CAPITOLO DECIMO

si azzardasse a ridere della mia stella rossa, io gli mangio il cuore crudo.

Gilera impiegò trenta secondi a cancellarsi dalla mente il commissario Ferdi con l'uncino nella gola e poi disse che potevano smontare ma Oscar si oppose.

– Che rimaniamo a fare? – protestò Gilera. – Ormai è giorno chiaro e ognuno la guardia se la fa da sé.

– Niente affatto, – disse Oscar. – Mancano dieci minuti e li facciamo fino all'ultimo. Noi partigiani la guardia la scherziamo troppo. E sai perché, la ragione vera e profonda? Perché in cuor nostro ce ne impipiamo l'uno dell'altro, perché non ci vogliamo bene come fratelli. Se quello che è a dormire fosse tuo fratello vedi che gli monteresti la guardia come si deve. Secondo me il nostro piú grande fallimento sta proprio qui, che non siamo riusciti a farci fratelli gli uni degli altri.

Gilera sbuffò. – Ma senti se sono prediche da farsi a me.

– Perché? – fece Oscar duramente. – Perché hai appena sedici anni? Avevi solo da restartene a casa. Nessuno ti disturbava, né noi né loro.

– E va bene, – disse Gilera. – Mi sembra di ascoltare Perez. O Maté.

– Fossimo tutti Perez e Maté. Saremmo una cosa seria.

– Perché secondo te non siamo una cosa seria?

– Siamo una cosa tragicomica, – rispose Oscar. – Sai che significa tragicomica?

– Mezza da ridere e mezza da piangere.

– Bravo, – disse Gilera. – Fin che non battono le ore non ci muoviamo da qui.

Mentre montavano gli ultimissimi minuti Gilera vide un uomo spuntare dal bosco sottostante e salire per la direttissima verso l'altura del cimitero.

– Oscar, – chiamò Gilera, – ma quello è Milton. Ma non doveva fermarsi per sempre all'alto comando?

Oscar si affrettò incontro a Milton e appena a portata di voce gli domandò come mai.

– Hanno solo delle storie, – rispose Milton. – Oscar, poi ti parlo.

In quel momento le cinque batterono al campanile di Mangano e tutt'e tre presero per il paese. Gilera che era affamato li precedeva di venti passi.

– Allora? – fece Oscar a Milton.

– Prestami la tua Beretta. Cinturone e tutto. Io ti lascio questo monumento di Còlt. Vado in un posto dove le armi meno si vedono e meglio è.

Oscar si era già slacciato il cinturone. – Erano mesi che sognavo una Colt che mi ballasse sulla pancia. Me la lasci per molto?

– Due o tre giorni, – disse Milton passandogli il suo cinturone.

Oscar era anormalmente eccitato. – Dio fascista, Milton, con una pistola simile uno non è piú di fanteria. Uno passa automaticamente in artiglieria.

– Tienimela bene, e soprattutto rendimela.

– Se non te la rendo, – disse Oscar, – farai presto a capire quel che mi sarà capitato.

All'ingresso del paese si separarono e Milton deviò verso una certa casa a vestirsi borghese e nascondere la carabina.

II

Maté smise di limare il fondello di una cartuccia di sten. Era un lavoro che faceva per conto di Leo il quale da un pezzo non riusciva piú a trovare le munizioni originali del mitra Beretta.

– Chi ti ha detto che io feci parte della squadra che scambiò Sceriffo?

– Sceriffo medesimo, – rispose Genio continuando a lavarsi la biancheria al lavatoio di Mangano.

– Sí, – disse allora Maté. – Perez mandò me ed io mi misi al bivio ad aspettare il prigioniero fascista che doveva scendere dal comando di Morgan. Era il venti di marzo o giú di lí. Dopo mezz'ora che aspettavo vedo spuntare dall'ultima curva un trio. Uno era il prigioniero, in divisa grigioverde e gli occhi bendati, l'altro una guardia del corpo di Nord che si chiama Orlando e il terzo un uomo di Morgan che si chiama Miguel. Ancora da distante Orlando mi chiese del curato di Mangano che doveva fare da mediatore ed io lo informai che era partito prima sulla sua bicicletta da corsa e ci aspettava a Travio. Vicino a me si fermarono e il prigioniero cominciò a piangere a mani giunte e a dire no, no, no. «Che gli prende?» domando io e Orlando mi dice che faceva cosí ad ogni fermata, perché a ogni fermata credeva di essere arrivato al posto della sua fucilazione. «Non gli avete detto che lo portate a scambiare?» e Orlando: «Detto e ridetto, ma non ci crede». Ci eravamo avviati e il prigioniero continuava a piangere e supplicare e allora Miguel gli disse «Adesso piantala. Ma credi sul serio che se volessimo fucilarti faremmo fare a te e a noi una sgambata simile?»

– Andavamo verso Meviglie. Camminavamo senza sforzarci, perché avevamo parecchio tempo davanti e perché il prigioniero per essere bendato logicamente non abbondava col passo. Dopo quattro o cinque chilometri ci fermammo per accendere le sigarette e quello tornò a frignare. «Non ricominciare, – gli dissi, – piuttosto apri la bocca». Avevo acceso anche per lui. «No, no, no!» grida e poi serra la bocca piú che può. «Non fare storie, aprila. Voglio solo ficcarci una sigaretta. Tu fumi, no?» «Fumo sí, ma ho paura». «Paura di che?» «Ho paura, – mi risponde a denti stretti, – ho paura che tu mi cacci in bocca una matita esplosiva». «Disgraziato!» gli dico, ma non insisto. Lui allenta, io colgo il momento buono e gli premo una sigaretta tra i denti. «Tira e poi dimmi se è una matita esplosiva». Tirò una boccata, un'altra. «Di' almeno grazie». «Grazie, grazie mille», fa lui ed io «Va' là che sei un bel disgraziato».

– Meritava che gliela infilassi dalla parte accesa, – disse Genio.

– Non mi è nemmeno passato per la mente, – disse secco Maté sentendosi scappare la voglia di raccontare. Ma poi proseguí. – Entrammo in Meviglie e non ci trovammo un'anima. Nemmeno una sentinella, tutti per i fatti loro. È sempre stato un presidio sballato, prima con Marco cosí come adesso con Diaz. Non una sentinella e nemmeno un privato. Ce ne stavano in giro di privati, a lavoricchiare o a far ciance, ma erano spariti tutti per tempo. Avevano visto da lontano la divisa fascista e avevano preferito ritirarsi, pur avendo capito benissimo che era prigioniero e completamente nelle nostre mani. Quando, a metà paese, tra l'osteria e il giardino del parroco, spunta Filippo. Tu lo

CAPITOLO UNDICESIMO

conosci. Veniva dalla nostra parte e teneva mezza la strada, sia perché è grosso come un armadio sia perché era sbronzo. Alle nove e mezzo della mattina era già sbronzo. Se lo conosci saprai che in fondo non è un cattivo ragazzo e tanto meno un cattivo partigiano. Non starlo a vedere in combattimento, vedilo come uomo di fatica. Io non ho mai visto nessuno sgobbare, spendersi come Filippo. Gliene ho visti disincagliare e spingere carri e camions, gliene ho viste portare casse di munizioni. Una volta l'ho visto scavalcare una collina con sulle spalle una mitragliera bell'e montata. Era sbronzo, ti ho detto, ma il grigioverde gli snebbiò la vista. Veniva avanti rimboccandosi le maniche e io dissi a Orlando di lasciarlo trattare a me. Filippo si piazza a tre metri e dice: «Bravi, ragazzi, bravissimi. Ora però scostatevi. È mio quanto vostro no? Voi avete fatto il piú a prenderlo e adesso io faccio il meno. Scostatevi che me lo maneggi un po'». Naturalmente ci eravamo fermati e il prigioniero belava. Io mi paro davanti e dico «Fermati dove sei, Flip. Questo non si tocca. Questo va per uno scambio, quindi non è né mio né tuo. Questo è di Sceriffo. Conosci Sceriffo, era tuo compagno di squadra ai bei tempi di Marco. Ieri l'hanno preso e condannato a morte e noi portiamo questo a Marca per scambiarlo con Sceriffo. Quindi sta' lontano e tranquillo». E lui: «Sta' tranquillo tu, Maté. Mica lo ammazzo, lo maneggio soltanto. Scansati, Maté». Non mi scansai, anzi lo coprii meglio. Dietro sentivo Orlando che bolliva, voleva picchiare lo sten sulla testa di Filippo. Io che so i sistemi di queste guardie del corpo di Nord volevo aggiustarla col ragionamento, perché Filippo in fondo non è cattivo e inoltre io conoscevo i suoi motivi. Gli dissi: «Sta' dove sei, Flip. Mettiti nella pelle di Sceriffo». Allora Filippo mi guardò veramente brutto e disse: «Non avevo mai pensato di doverti mettere le mani addosso, Maté, ma non avevo nemmeno mai pensato che tu mi diventassi un tale porco. Un porco che non vuole lasciarmi castigare un fascista, un porco che si è già dimenticato che a me i fascisti hanno ammazzato un fratello».

– Questo è vero, no? – osservò Genio.
– Come se non lo sapessi. Lo fucilò la Muti. E nota che non era ancora partigiano vero e proprio. Ci ronzava attorno da un pezzo ma entrato in forza proprio proprio non era ancora. Per sentirsi qualcuno viaggiava con un cinturone da ufficiale e tanto di fondina. Senonché la fondina era vuota perché la pistola non se l'era ancora fatta. I criminali della Muti lo sorpresero lungo la ferrovia, quasi all'imbocco della galleria di Moresco. A regola non potevano fucilarlo perché era stato trovato senza armi. Ma va' a parlare di regole con la Muti. La Muti che era per ammazzare prese lo spunto dalla fondina. Dove c'è fondina c'è rivoltella, dissero, lui l'aveva buttata o nascosta appena vistosi circondato. Siccome il fratello di Filippo negava con tutte le sue forze, gli montarono il trucco. Uno di loro lanciò la sua pistola verso il tunnel, poi fece finta di frugare tutto intorno con la massima attenzione. Naturalmente la trovò in un minuto e corse a metterla sotto il naso al fratello di Filippo che una pistola cosí se l'era sempre e solo sognata. La confrontarono alla sua fondina e si capisce che bene o male corrispondeva alla fondina. Allora l'ufficiale lo dichiarò bandito armato e lo fucilarono sul posto.

– Tornando a Filippo io gli dissi: «Non me ne sono dimenticato affatto. Se voglio che non lo tocchi è perché questo serve proprio a evitare a Sceriffo la fine di tuo fratello. Pensa a Sceriffo...» «Me ne frego di Sceriffo!» urlò e mi venne addosso con tutto il suo peso. Io non chiusi gli occhi e gli tirai un calcio sotto il ginocchio, proprio cercandogli l'osso. Lui si piegò in due e Orlando che si era sfilato il portacaricatori glielo diede sulla testa. Il povero

CAPITOLO UNDICESIMO

Filippo cascò nella cunetta e lí Orlando finí di tramortirlo. Poi io e Miguel lo prendemmo su e andammo a stenderlo nella stalla dell'osteria. L'oste che era venuto a farci strada disse: «Gli ci voleva a questo bue di Filippo, gli ci voleva da un pezzo. Purché rinvenendo non mi sfasci la casa». «Non te la sfascierà, – dissi io, – e se minacciasse tu telefona al centralino di Mangano, chiedi aiuto a Perez o a Leo». Intanto Orlando si era seccato e diceva che Filippo sfasciasse o no noi dovevamo impiparcene e ripartire immediatamente. Lo scambio era fissato per mezzogiorno e stavano per battere le dieci.

– Da Meviglie puntammo su Travio. Strada facendo io domandai a Orlando se aveva una buona pratica di scambi. «Questo di oggi, – mi rispose, – è il mio terzo scambio. Le prime due volte incontrai sempre il medesimo ufficiale. Stavolta sarà un altro perché a Marca hanno cambiato la guarnigione da allora. Quello era un tenente, un tipo di malnutrito, con gli occhiali e tempestato di foruncoli, un tipo che avrei potuto rompere con due dita se l'avessi trovato fuori del terreno di scambio. Mi ricordo che la prima volta che ci trovammo faccia a faccia era metà gennaio e naturalmente le nostre colline erano una siberia. Quello mi fa un ghignetto e mi dice: «Allora, partigiano, come ve la fate in montagna con questo benedetto freddo?» E io prontissimo: «Molto meglio di come ve la farete voi col benedetto caldo».

Genio restò perplesso. – Io direi che il caldo è sempre meglio del freddo, Maté.

– Tu devi capire, – gli spiegò allora Maté, – che a gennaio noi eravamo tutti convinti che sarebbe finita entro l'estate, che entro l'estate avremmo avuto il tempo di rovesciarne due di fascismi e che quindi l'estate sarebbe stata la loro tomba. Invece siamo ancora qui e se finisse in novembre io personalmente ci metterei la firma. Ti ho detto tutto questo, Genio, per farti meglio capire l'ironia che c'era nella risposta di Orlando.

– Cosí discorrendo arrivammo sotto Travio e vedemmo il curato in bicicletta con un piede appoggiato al parapetto. Ci salutò con la mano e ci segnalò che ripartiva subito e ci avrebbe aspettato sull'ultima collina. Aveva la tonaca rimboccata alla vita e pedalava deciso anche in discesa. Intanto scese da Travio uno di quel presidio per unirsi a noi e rinforzare un po' la squadra dello scambio. Era un marmocchio e si faceva chiamare Tigre. Passammo di fianco a San Quirico e ai piedi dell'ultima collina Miguel sbendò il prigioniero, dato che ormai eravamo in piena terra di nessuno. Ma come gli fu tolta la benda dovette sbrigarsi a coprirsi gli occhi con le mani. A parte che stava bendato da tre ore, da Morgan, a quanto disse Miguel, l'avevano tenuto due settimane in un grottino. «Hai visto? – gli disse Orlando, – che non ti abbiamo portato alla morte? Ora sei convinto che ti scambiamo con uno dei nostri? Riconoscerai il posto. Qua dietro c'è Marca e la tua sporca caserma». Era piú che convinto, piangeva di consolazione e non finiva di ringraziarci e lodarci. «Siete stati buoni, – disse, – come non credevo. E mi ricorderò di voi». «Meglio che ti scordi di noi, – gli disse Miguel. – Mi ricorderò di voi nel caso che...» Ma Orlando gli disse: «Non ti sforzare. E perché non sarà il caso e perché, se anche capitasse tu al reggimento devi essere l'ultima ruota del carro». E io gli dissi: «Guardami. Io sono quello che ti ha fatto fumare. Guardami. Ho la faccia di uno che caccia matite esplosive in bocca ai prigionieri?»

– Arrivammo rapidamente in cima all'ultima collina e vedemmo la bicicletta del prete appoggiata al muro della cappella. Lui stava sotto il portico, si era snodata la tonaca e se la spolverava. Disse al prigioniero: «Vedo che sei arrivato bene. Hai notato che bravi ragazzi ci sono dall'altra

CAPITOLO UNDICESIMO

parte? Non te ne scordare. Tra un quarto d'ora sarai coi tuoi». A noi quattro partigiani disse: «Sono le undici e quaranta. Cosí segna l'orologio della cattedrale. Sarà bene che io mi porti all'ultima curva. E voglia il cielo che questo scambio avvenga regolarmente e senza trucchi». Orlando gli disse di stare tranquillo, almeno per quanto dipendeva da noi, e il curato si incamminò verso l'ultima curva che dalla cappella distava un settanta ottanta metri.

– Avrei dovuto dirti fin dal principio che io mi ero portato il binoccolo. L'avrai adoperato anche tu qualche volta. È un binoccolo da teatro che mi regalò la mia padrona di casa quando partii, dicendomi che mi avrebbe aiutato a controllare dall'alto i movimenti dei nostri nemici. Infatti a qualcosa serve, è debole ma a qualcosa serve. In questo momento dev'essere in mano a Oscar. Il binoccolo me lo ero portato perché volevo prendermi qualche interessante veduta di Marca in mano a loro. Infatti mi ero appoggiato coi gomiti al parapetto della strada e guardavo la città in lungo e in largo. E binoccolando in lungo e in largo mi dimenticai quasi completamente di Sceriffo. Capisci? vedevo i viali e le piazze, tutti quei comignoli fumare e mi era venuta la nostalgia della città e la noia delle colline. Da schiacciarmi. Poi Orlando raccomandò attenzione alla strada e io mi svegliai e vidi nel terzultimo tornante la squadra fascista con la bandierina bianca e in mezzo uno spilungone che non poteva essere che Sceriffo. Al penultimo tornante ci passarono talmente sotto che se avessi voluto avrei potuto mandare una mezza voce a Sceriffo e farmi riconoscere. Ma non lo feci perché negli scambi si cammina sul filo del rasoio. Al minimo imprevisto a qualcuno saltano i nervi e raffica fin che ne ha. Però, se non gli gridai, lo puntai col binoccolo, gli centrai la faccia e gliela vidi tutta gonfia. Guardo meglio per accertarmene e me ne accerto. Allora stacco il binoccolo e dico a Orlando: «Ehi, il nostro uomo è gonfiato». «Che cosa mi dici?» fa Orlando. «Ne sei ben sicuro?» «Nel modo piú assoluto. L'ho inquadrato nel binoccolo». Orlando bestemmiò e disse che questo doveva essere uno scambio alla pari e il nostro prigioniero era intatto e fresco come una rosa. «Tu mi dici che Sceriffo è gonfiato. Questo deve essere uno scambio alla pari e me ne assumo io la responsabilità». Si girò verso Miguel e gli disse: «Gonfialo, fagli una testa cosí». Miguel non lo lasciò finire e tirò un pugno al soldato mirando al naso. Ci si mise anche Tigre e insieme lo bombavano. Il soldato era già finito per terra e loro due lo colpivano da piegati. «Presto – fischiava Orlando, – prima che spuntino loro». Li lasciò menare per un altro minuto, poi li allontanò ed esaminò il soldato. «Sí, – disse, – è discretamente bombato. Credo che cosí non ci rimettiamo troppo». Il soldato rantolava e si rotolava per terra. Orlando lo rimise in piedi e lo spolverava con le sue stesse mani. Poi il prete si sporse dalla svolta a segnalarci che erano in arrivo. Infatti sbucarono dopo un minuto e come li vide il soldato smise di gemere e faceva salti di gioia. E cosí fu scambiato Sceriffo.

– E l'ufficiale fascista non fece osservazione?

– Fece parecchie smorfie, – rispose Maté, – ma c'era ben poco da osservare. Erano bombati tutt'e due, potevano specchiarsi l'uno nell'altro. Solo che il soldato era gonfiato di fresco e Sceriffo di ieri.

Genio sospirò. – Tanto valeva lasciarlo maneggiare a Filippo.

– È vero, – ammise Maté, – a Filippo avrebbe dato tutt'un'altra soddisfazione che a noi che dovemmo farlo per giustizia. Ma vedi, un pugno di Filippo ammazza un toro.

– E Sceriffo? Mi piacerebbe sapere quali furono le sue prime parole.

CAPITOLO UNDICESIMO

Maté voleva rispondergli che Sceriffo per un'ora buona non trovò la parola, ma in quel momento Oscar passò di corsa nella viuzza accanto al lavatoio, gridando all'allarme.

Perez staccò il binoccolo e disse che erano un trecento uomini e che non sarebbero andati oltre Roccella. Erano smontati da una ventina di autocarri e già avanzavano a semicerchio verso l'abitato. Perez era sicuro che l'azione era circoscritta a Roccella.

Una sola collina separava Mangano da Roccella e nel centro si insellava scoprendo la maggior parte del paese dirimpetto. La visibilità era ottima.

– Drago che fa? – domandò Leo. Drago era il comandante del presidio di Roccella.

Perez si riapplicò il binoccolo e osservò a lungo. – Non vedo niente di Drago. Non c'è un'anima in giro. Porte e finestre sbarrate. Ora guardo alla postazione.

La postazione di Drago, scavata in un mammellone a sinistra del paese, era vuota. Poi Perez avvistò i cinquanta uomini di Drago che alla spicciolata scivolavano alle spalle del paese infilandosi in una valletta che scendeva al fiume.

– Pompano.

– Che cosa? – fece Leo.

– Ti dico che smammano.

Leo prese il binoccolo da Perez e seguí il movimento dei fascisti. Erano a cento metri dall'imbocco del paese e si erano fatti piú radi e piú cauti, specie quelli che avanzavano sulla strada a serpentine.

Leo staccò il binoccolo. – Quel Drago è un porco.

CAPITOLO DODICESIMO

Dal basso Pinco disse: – Non sarà stato in grado.

– Che vuol dire non in grado? – scattò Leo il quale sapeva che Drago e Pinco erano cugini. – Gli abbiamo dato due bren dell'ultimo lancio.

Perez che aveva riavuto il binoccolo disse: – Stanno entrando. Che ora è?

– Le dieci spaccate.

– Entrano –. Perez aveva inquadrato il sagrato che veniva riempiendosi dei soldati dell'avanguardia. – Speriamo non facciano niente al paese, dato che c'entrano senza costo di spesa.

Disse Maté: – Non mancheremo di vederlo. L'aria è cosí pulita che si vedrà il fumo delle loro sigarette.

– Quel Drago è un porco, – disse Leo. – Se dai retta a me, Perez, domattina scendiamo e gli riprendiamo uno dei due bren. Un bren è piú che sufficiente per un porco del genere.

– Domani vedremo, – disse Perez e ripuntò il binoccolo.

Avevano completato l'occupazione e giravano tra le case senza troppe precauzioni. Piú prudente invece il reparto che stava salendo in esplorazione verso il cimitero sulla cresta della collina.

Passò un'ora e nulla di grave succedeva a Roccella. Perez continuò a osservare e vide che i soldati si preparavano a consumare il rancio in paese. Marmitte fumavano a ridosso del parapetto del sagrato. Allora Perez decise di mandare a mangiare anche i suoi uomini.

Leo non andava a mangiare. Ci sarebbe andato piú tardi o avrebbe magari saltato il pasto. Rabbia e nausea gli strizzavano lo stomaco. Accese un'altra sigaretta e disse a Perez di lasciargli il binoccolo made in Canada.

Restò solo a fumare e vigilare. Era un ufficiale di fanteria e non sapeva sorvolare sull'integrità territoriale. Capiva che era un complesso assurdo ma non era ancora riuscito a liberarsene.

A Roccella non succedeva niente. Le volute di fumo erano quelle che si alzavano dalla cucina da campo. Ma quel porco di Drago! Non gli si chiedeva di fare Leonida alle Termopili, semplicemente di fare discreto uso dei due bren per un tempo decente. Leo aveva voglia di rigettare a secco. E pensava che chi non adempie al minimo va fucilato alla pari di chi si macchia del tradimento piú grande. A Roccella intanto non succedeva niente di male.

Sentí frusciare l'erba e si voltò bruscamente. Era Maté che si era sbrigato a mangiare e veniva a tenergli compagnia.

– Magnifica figura sporca, eh?
– Non è la prima e non sarà l'ultima, – disse Maté sedendosi sull'erba.
– Immagina i pensierini della gente di Roccella. Bei difensori abbiamo. Ma che li manteniamo a fare?
– La popolazione non è scontenta, – disse Maté. – Vedi che non le sta capitando niente di male. Non è scontenta la popolazione, anzi preferisce cosí. Drago non li avrebbe fermati per piú di un quarto d'ora. Se poi gli avesse fatto un morto quelli sarebbero entrati imbestialiti e ora vedremmo laggiú un facsimile della fine del mondo. La gente preferisce cosí, Leo. A parte la pelle, noi partigiani non rispettiamo per niente la roba. Ma la gente sí. Ha sudato anni e anni a farsela.

Leo non aveva proprio nulla da ribattere. Ripuntò il binoccolo e inquadrò il concentramento di camions alla porta del paese.

– Forse ha ragione Milton, – disse Maté.
– In che cosa?
– In tutto. Lui dice che è sbagliato tutto il sistema.
– Sentiamo, – sbuffò Leo accendendosi una sigaretta.

CAPITOLO DODICESIMO

– Punto primo, – disse Maté, – è sbagliato il sistema dei presidi. Dice che è un sistema rigido, mentre noi dovremmo essere tutto movimento, tutta un'onda. Infatti vediamo che ogni presidio funziona per sé, le busca e le dà per sé solo, mentre noi dovremmo essere tutto uno scambio, tutta una integrazione. Milton dice poi che noi dovremmo essere esattamente l'opposto di un esercito regolare e invece ci stracciamo l'anima per arrivare ad assomigliargli il piú possibile. Dice che siamo moltissimi e dovremmo essere pochi. Per la fregola di metter su brigate e divisioni non si passa nessun esame ai volontari e invece l'esame dovrebbe esserci e feroce. Neanche le divise vanno a Milton. Dice che nessuno di noi dovrebbe essere in divisa, ma uno travestito da contadino, uno da ambulante, l'altro da prete, l'altro magari da donna.

– Qui esagera, – protestò Leo.

– Io ti riferisco, – disse Maté. – Milton dice ancora che in linea di massima noi si cerca di ammazzare i fascisti regolarmente, sarebbe a dire piú o meno lealmente. Invece no. Bisogna ucciderli nelle maniere piú barbine, piú bastarde. In modo che quelli che la scampano non sappiano dir bene come sono morti i loro compagni, che alla fine credano li abbia uccisi una specie di influenza nell'aria. Cosí finiranno presto tutti pazzi. Dice che per ammazzarli dobbiamo pensarle tutte e prendere ogni precauzione, anche la piú vigliacca. Insomma ammazzarli come un uomo ammazza una belva. La belva non ha diritto di ammazzare l'uomo che invece ha il dovere di ammazzare la bestia feroce. Milton la mette cosí.

– Strano, – fece Leo. – A me questo discorso Milton non l'ha mai fatto –. Era molto risentito.

– Credo l'abbia fatto a me solo, – disse Maté. – Una volta che era in vena. In vena contraria, per la verità. Fu la volta che andammo in postazione perché ci avevano avvisati i fascisti da Valla e poi non vennero. Be', mentre stavamo in postazione Milton parlò contro le postazioni e via via contro tutto il resto.

– Comunque, – disse Leo, – ormai è tardi per cambiare. Tu personalmente, Maté, cosa ne pensi?

– Io dico solo che è triste se Milton ha ragione. Perché per una volta che abbiamo il destino di fare il partigiano sarebbe bene lo facessimo nel modo giusto.

Leo lasciò scivolare il binoccolo nell'erba. Non si sentiva bene. Aveva fumato venti sigarette in tre ore e preso troppo sole in testa.

Maté raccolse il binoccolo e guardò a lungo Roccella.

– Niente di male, – disse poi. – E se non gliel'hanno fatto fino ad ora non glielo fanno piú. A meno che perquisendo non trovino qualcosa di compromettente. Ma Drago non sarà stato cosí incosciente da dimenticare qualcosa di compromettente.

Leo guardò l'ora e si alzò. – Tu resta qui, Maté. Tientiti il binoccolo e osserva. Se capita qualcosa di nuovo segnala. Io vado da Perez. Dove l'hai lasciato?

– Alla mensa.

– Ci vado. Vedrai che prima di sera qualcosa avremo fatto, Maté.

Perez aveva pranzato e stava affacciato a una finestra dalla quale si vedeva la parte alta di Roccella.

– Novità? – domandò voltandosi.

– Non mi va giú, Perez, ma questa non è una novità.

– Nemmeno a me va giú. Non mangi?

– È l'una.

– E con questo?

– Io credo che quelli non ripartiranno da Roccella prima delle quattro.

– Può darsi. Hanno molte ore di luce davanti.

– Dammi metà degli uomini, Perez.

CAPITOLO DODICESIMO

– Che vuoi fare?
– Aspettarli a metà strada, – disse Leo. – Mentre tornano a Marca e meno se lo aspettano. Ci lavoriamo la retroguardia. Diciamo dopo Meviglie e prima di Travio. Ci sono tanti buoni posti dove aspettarli. Se partiamo subito e metto Sceriffo a far l'andatura saremo là per le tre e mezzo e io avrò tutto il tempo di studiare il terreno e il piano.

Perez rifletteva. Era lento ma poi irrevocabile nelle decisioni.

– Se gli faccio un morto, – continuò Leo, – la giornata è nostra. Loro che hanno fatto in sostanza? Sono partiti stamattina da Marca, hanno consumato gomme e carburante, hanno occupato Roccella come tanti turisti e se ne tornano praticamente a mani vuote. Se io gli rifilo un morto, la giornata è nostra. Nessuno, nemmeno il loro signor colonnello, potrà dire il contrario.

– Ti dò un terzo degli uomini, – disse finalmente Perez.

– A stasera.

– Leo? – chiamò Perez. – Se gli fai un morto e mi riporti a casa tutti gli uomini ti faccio suonare le campane.

– Tieni il campanaro mobilitato, – disse Leo e uscí.

[L'imboscata si trasforma in una controimboscata e nell'azione Leo perde Sceriffo e Smith (uccisi in combattimento), Jack (tramortito da una mortaiata e fatto prigioniero) e Maté e Gilera (catturati nel tentativo di Maté di portare in salvo Gilera ferito ad un piede). Maté viene fucilato e lasciato sul posto.]

13

Erano una quarantina. Sceriffo che faceva l'andatura marciava agli otto all'ora. Molti già si premevano una mano sulla milza e i portamunizioni dei bren avevano la schiuma alla bocca. Ma Leo non concesse soste, si limitava a segnalare a Sceriffo di rallentare leggermente ogniqualvolta vedeva la fila troppo sgranata.

Finalmente videro biancheggiare a mezzacosta lo stradone per Santo Stefano. Erano le 15,15 all'orologio di Leo e il tratto era all'incirca a metà strada fra Valdivilla e San Maurizio.

Si arrampicarono verso la strada. Proprio sotto la scarpata stava a lavorare un contadino di piú di cinquant'anni. Come li vide alzò appena la schiena e agitò una mano con le dita unite: – Vi è andata bene, – disse.

– Come? – fece Leo.

– Dico che vi è andata bene. Se capitavate venti minuti prima vi sbattevate in loro sulla strada.

Leo annaspò. – I fascisti?

– Sono passati quassú venti minuti fa.

– Ma sei sicuro...?

– Vi sembro ubriaco? – protestò l'uomo. – Non ho straveduto.

– I fascisti di [Marca]?

– Già, non potevano essere che di [Marca].

– Quelli che tornavano da [M]eviglie?

– Questo non lo so.

CAPITOLO TREDICESIMO

– Ci siamo scoppiati per niente, – disse Jack.

Disse ancora il contadino: – Nascosto dietro quella siepe venti camion ho contati. Ma una parte andava a piedi. Gli ultimi venivano a piedi e non mi spiego il perché.

– La retroguardia era a piedi?

– Tu sai come chiamarla. Io ho visto gli ultimi passare a piedi. Erano una cinquantina.

– Una cinquantina? E quando sono passati?

– L'ho già detto, venti minuti fa. Ma adesso i venti minuti sono diventati venticinque.

– Diamo addosso a questi cinquanta! – urlò Smith.

– Addosso! – confermò Leo e gli uomini acclamarono confusamente.

Ma il contadino disse: – Non sognatevi di riprenderli. Hanno troppo vantaggio e camminavano forte. Ridevano e scherzavano tra loro ma camminavano forte.

Leo si era già issato sullo stradone. – Correremo, – gridò di lassú, ma il contadino scrollò la testa e disse piano: – Non li piglierete piú. Quelli arriveranno in caserma prima che voi ne vediate la coda.

Leo ordinò a Sceriffo di tirare come non aveva mai tirato e Sceriffo in cinque falcate fu sul passo degli otto all'ora. Il sole era rovente, le carreggiate dei camions erano nette e profonde nell'alto strato di polvere, la campagna era vuota e silenziosa. Sceriffo abbriviava le curve in velocità e senza precauzioni.

Marciavano cosí da un quarto d'ora e Maté, che veniva terzo, voltandosi vide tra il polverone la fila tutta frazionata e i portamunizioni che boccheggiavano in coda. Continuando cosí, se avessero agganciato quella retroguardia, i bren avrebbero avuto ben poco da masticare. Pensò di avvertire Leo ma la lingua gli si era seccata in bocca. Del resto Leo conosceva la situazione e non se ne preoccupava eccessivamente. Ormai disperava di raggiungerli e inoltre lo sforzo per tallonare Sceriffo lo assorbiva tutto. La strada ora faceva un rettilineo piuttosto lungo in fondo al quale, a sinistra, c'era uno spiazzetto con due case annerite dalle intemperie. Sul lato destro stazionava un camionaccio a gasogeno carico di barili da vino. Di fronte alle due case, sempre a sinistra, la terra si ingobbiva a montagnola, con pochi ciuffi d'erba ingiallita sul nudo tufo. Sceriffo aveva già divorato mezzo il rettilineo. Voltò mezza testa e Leo gli accennò di insistere. Era però deciso a sospendere l'inseguimento all'altezza di quelle due case.

Sceriffo marciava come prima e se possibile anche piú forte. Dalle finestre a pianterreno uscí una raffica lunga e Sceriffo stramazzò fulminato.

Leo aderiva alla strada. Sbavava sulla ghiaia e pensava unicamente che era partito per fare un'imboscata e ora la subiva. Pallottole fischiavano a un palmo sopra la sua testa, si schiacciavano a un palmo dai suoi fianchi. Poi distinse una scarica di bren, intuí che almeno una parte dei suoi uomini aveva preso posizione sulla montagnola e dalla strada rotolò nel fosso. Guardò a destra e vide cinque o sei che si calavano per la scarpata. Fortunatamente c'era Maté con loro, Maté li avrebbe sicuramente portati in linea.

Saltò per arrampicarsi sulla montagnola ma dovette ricadere perché un semiautomatico l'aveva preso sotto tiro. Gli fece tre, quattro colpi, il quarto forse gli strinò i capelli. Poi il semiautomatico mirò altrove e Leo poté inerpicarsi sulla montagnola. Riuscí proprio di fronte alle case, a meno di cinquanta metri.

Il bren di Oscar era in piena azione e crivellava le facciate. Schegge di intonaco e di telai delle finestre schizzavano fino al limite dello spiazzetto.

Leo sollevò la testa e urlò: – Li avremo! Li avremo!

Maté era rimasto con Jack, Gilera e un paio d'altri incollato sulla scarpata, defilato da nemici e compagni. La battaglia fra case e montagnole era in pieno sviluppo e Maté non poteva nemmeno concepire di restarne fuori. Ma come tentò di attraversare la strada gli fu addosso il semiautomatico. Riprovò piú a valle, ma di nuovo lo bloccò il semiautomatico. – Bisogna assolutamente far fuori il ta-pum, – concluse Maté con la faccia nell'erba.

Poi Jack lo toccò nel fianco e Maté scorse un fascista nel prato a destra della strada. Distava un trenta passi dalle case e altrettanti da Maté. Era uscito nel prato per fare i suoi bisogni e lí l'aveva sorpreso l'arrivo dei partigiani. Alla meglio si era tirato su i calzoni e riaffibiato le giberne e acquattato nell'erba stava studiando il terreno e il momento per rientrare.

Finalmente scattò rannicchiato verso il fosso. Maté gli sparò, lo ferí ma non lo stese. Si slanciava nella strada. Dietro Maté sparò Jack e lo inchiodò sulla ghiaia con le braccia in croce. Ci fu un altissimo urlo misto, entrambe le parti avevano visto il fatto.

Leo sparava e urlava: – Li avremo! Li avremo! Si arrenderanno!

Il fuoco era al massimo volume e tanto sparavano tanto sbraitavano. – Traditori! Banditi! Inglesi! – urlavano i soldati, e i partigiani: – Vigliacchi! Assassini! Tedeschi!

– Si arrenderanno! – gridava Leo con la bava alla bocca. – Ora, ora si arrendono!

Maté esaminò un'ultima volta la strada, poi decise di strisciare fino a quel camion, sulla destra delle case.

Riparati dietro i barili, avrebbero sparato in diagonale alle finestre e forse e senza forse il loro fuoco avrebbe fruttato meglio del fuoco frontale di Leo. Presero a strisciare avanti sotto la scarpata che a poco a poco si riduceva.

– Li avremo! – urlava Leo. – Arrendetevi! Ora si arrendono!

Non si arrendevano. Dentro le case urlavano senza tregua, di terrore e di esaltazione insieme, ma non si arrendevano. Il fuoco andava assottigliandosi da entrambe le parti. Leo voltò mezza testa e vide in alto Oscar inginocchiato dietro il suo bren scarico. Teneva le braccia conserte, la testa alta, e insultava i portamunizioni che non potevano sentirlo.

– Esci, Oscar, esci! – gli gridò Leo.

Ora agiva il bren di Pinco, ma non sapeva dosare le raffiche, sarebbe rimasto all'asciutto in un paio di minuti.

Infatti Pinco mandò un'ultima interminabile raffica alle finestre. E si vide uno di loro, un ufficiale, emergere nel vano della finestra, tentennare un poco e poi ripiegarsi sul davanzale, morto, le mani penzolanti sfioravano la terra dell'aia. Dentro le case scoppiò un urlo di dolore e furore, invocavano quell'ufficiale per nome e per grado, poi il semiautomatico riprese a martellare. Leo voltò a caso la testa e vide Smith stecchito al suo posto, la benda azzurra sulla fronte tutta inzuppata di sangue.

– Si arrenderanno! – urlò Leo. – Ora si arrendono!

Maté, Jack e Gilera erano arrivati al camion. Gli altri due si erano fermati a metà strada, là dove la scarpata riparava ancora.

Infilarono le armi nei vuoti fra i barili e aprirono il fuoco contro le finestre. Di sghembo potevano vedere i soldati che sparavano a pelo degli spigoli e si defilavano per ricaricare.

Arrivarono presto le loro pallottole, si conficcavano tutte nei barili, il vino spicciava da dozzine di fori.

– Maté! – urlò Gilera.

Una pallottola bassa gli aveva centrato il piede che spenzolava dalla predella della cabina, come una lama glielo aveva squarciato dalle dita al calcagno.

Maté pensò che il ragazzo urlasse di pura eccitazione e continuò a sparare con la massima concentrazione.
- Maté! Sono ferito!
- Madonna! E dove?
- Guardagli il piede, - gridò Jack.
- Guardami il piede, Maté!

Allora Maté si piegò e prese Gilera sulle spalle.
- Jack? Tu attraversa la strada e mettiti con Leo, per noi non preoccupatevi. Noi ci salviamo nel vallone e vedrete che per stasera siamo a Mang[an]o. Non preoccupatevi per noi due.

Sgambò fin dove la scarpata si approfondiva, poi rallentò. Ricordava una stradina che scendeva al vallone e l'imbocco era di poco a valle del punto dove stava il cadavere di Sceriffo. Gilera si era asciugato le lacrime e non ne metteva di nuove. Il piede gli doleva e sanguinava molto, ma sedeva sulle spalle di Maté e stavano uscendo dalla battaglia.

Jack aspettò qualche minuto, poi rinculò alla scarpata e quindi scivolò nel fosso. Studiava l'attimo buono per attraversare verso la montagnola. Sparavano rado, ma quel poco di fuoco in aria era anche piú pauroso. In un istante di pace - qualcuno urlava solamente - guizzò oltre la strada e piombò nell'altro fosso. Si appoggiò col ventre al muro e si inerpicò sull'altura. Alzò gli occhi e vide Leo a pochi passi. - Li avremo, Jack! - gli gridò rauco. - Ora si arrendono. Guai se non si arrendono!

Dalla casa ribatté il semiautomatico e Jack seppellí la faccia nel tufo. Poi si ridistese e strisciava su. Fra lui e Leo si frapponeva il cadavere di Smith, Jack lo aggirò come una formica un macigno.
- Perché non spari? - sbraitò Leo. - Spara! - Jack spianò lo sten ma risentí il semiautomatico e riaffondò la faccia nel tufo. Con la bocca piena di terra gorgogliò: - Arrendetevi!

Poi sentí un rombo di motori e fissò Leo. Aveva sentito anche Leo, si fece bianco sotto la patina di terra e sudore e gli occhi gli schizzavano dalle orbite. Sotto il tiro del semiautomatico balzò in piedi e urlò a tutti di ritirarsi. Jack tardava, si sentiva gli intestini come di piombo, e quello poi era il momento ideale per quel terribile semiautomatico.

Il rombo cresceva, dentro le case i soldati urlavano di salvezza e vittoria, si affacciavano liberamente alle finestre. Gli uomini di Leo arrancavano verso la cresta della montagna per tuffarsi nel vallone retrostante.

Leo piangeva e batteva i denti. Jack sbirciò all'ultima curva e vide sbucarci il primo camion di soccorso, traballante e stracarico di soldati gesticolanti. Un fascista era uscito dal chiuso e correva incontro al camion a braccia tese. Jack ruotò su se stesso e gli fece una raffica, ma senza mira.

– Via! – gridò Leo. Aveva udito il colpo di partenza di un mortaio.

Jack saliva rannicchiato verso la cresta. Leo c'era già arrivato e lo sollecitava. Una mortaiata scoppiò giusta sul ciglione, ma troppo a lato di Leo. Jack ora correva, correva eretto e a tutte gambe, ma gli sembrava di non spostarsi. Era ancora a dieci passi dalla cresta e sullo stradone era arrivata tutta la colonna di soccorso, Jack poteva dirlo dal fragore concentrato dei motori e dall'urlío dei soldati.

– Vieni! – gridò Leo affiorando dal ciglione con la sola testa.

Jack sentí un sibilo acutissimo. Non smise di correre ma serrò gli occhi. Una botta nel fianco destro, mille trafitture di scaglie di tufo nella nuca e cadde come morto.

La stradina imboccata da Maté calava all'aia di una cascina a un cento metri a valle della strada dello scontro. Scendendo Maté udiva gli ultimi spari sebbene le coscie di Gilera gli turassero le orecchie. Il piede del ragazzo continuava a sanguinare molto e piú di una volta Maté dovette scostarlo in fuori perché sgocciolasse in terra e non su di lui.
– Sono grave, Maté?
– Ma no!
– È che perdo tanto sangue.
– Non vuol dire. Non sei grave. Ora non farmi piú parlare perché ho il fiato corto.
Poi Maté sentí il fragore dei camions che arrivavano a soccorrere la retroguardia. Capí che per Leo era finita e che a lui conveniva spicciarsi. Scoppiò una prima mortaiata. Dopo sei sventole tacquero anche i mortai. Gilera aveva sentito quanto lui ed anche meglio, ma non sembrava allarmato, non fece commenti. Maté invece pensava che aveva fatto scarsa strada, al massimo si era distanziato di trecento metri da quel maledetto crinale.
Il vallone cominciava a scoprirsi, a non piú di un tiro di pietra da loro, era ombroso e umido. La stradina si faceva sempre piú ripida e Maté aveva fitte alle ginocchia. Per fortuna il casale era vicino, eccone la facciata seminascosta da una spalliera di vite. L'aia era deserta, natu-

ralmente, porte e finestre sprangate. La famiglia era fuggita o si era intanata.

Sulla strada di cresta era esploso un breve ma frenetico clamore, Maté intuí che i salvati e i salvatori si erano applauditi e festeggiati. Per aria non correva piú uno sparo né il brontolio di un solo motore.

– Mi spiace farti fare il mulo, Maté, – disse Gilera.
– Non fa niente. Ora poi ti poso.
– Non mi posare, Maté!
– Ti poso, ma non ti lascio.
– Non posso camminare, Maté.
– E chi ti dice che camminerai? Ti carico su un carretto e io meno la bestia. Per questo andiamo alla cascina. Percorriamo tutto il vallone e per sera siamo a Mang[an]o.
– Ci saremo, Maté.
– E ti farò subito visitare dal medico. Per fermare l'infezione, se c'è.

Si calarono nell'aia: nessuno, anche al cane da guardia avevano dato il largo.

Dovevano essere le cinque, il sole era tiepido. Dalla strada di cresta non arrivava rumore. Maté posò Gilera seduto su una striscia di ammattonato e andò al portico. Appena possibile avrebbe riportato o rimandato carro e bestia al padrone. Sotto il portico sbarazzò il carro da attrezzi e fieno e lo trainò in mezzo all'aia. Poi andò alla stalla per prender l'animale ma prima di entrarvi si voltò a sorridere a Gilera. Il ragazzo rabbrividiva per la febbre.

La prima cosa che trovò dentro la stalla fu un mastello pieno raso d'acqua appena sporcata da qualche po' di crusca. Ne prese una boccata, gargarizzò e risputò.

Sulla lettiera stavano un bue e una mezza dozzina di pecore. Mentre sfilava la catena cercava di ricordare come si barda e si attacca un bue. Avrebbe provato e ri-

CAPITOLO QUATTORDICESIMO

provato. Il tempo c'era per provare e riprovare, o non ci sarebbe stato piú per niente.

– Maté! – chiamò Gilera.

Maté stava sculacciando il bue per farlo voltare. La bestia resisteva.

– Maté! – richiamò Gilera.

Lasciò il bue e si fece sull'uscio della stalla.

Erano arrivati sei soldati. Due puntavano il ragazzo accosciato sull'ammattonato, gli altri puntavano lui, uno col mitra.

– Fuori e mani in alto, – disse calmo il sergente col mitra. Maté alzò le mani e il sergente venne a togliergli lo sten. Lo guardò negli occhi, strinse le labbra, scosse la testa e disse: – Dispiace persino a me. Meritavi di farla franca. Ma sulla strada avete lasciato una scia di sangue che era assai meglio di una freccia.

– Avrei dovuto pensarci, – sospirò Maté.

– Ma se gli ufficiali la pensano come me, a te non ti fucilano, – disse il sergente e lo toccò nella schiena per avviarlo in mezzo all'aia. Ai soldati disse: – Due di voi attacchino il bue che voleva attaccare lui.

Due andarono alla stalla tenendo il moschetto sempre in posizione.

– Mi ammazzano, Maté, – bisbigliò Gilera quando lo ebbe vicino.

– Non ti ammazzano. Tu hai solamente quindici anni. Fallo presente che hai appena quindici anni.

Gilera aprí la bocca per farlo subito presente, ma Maté lo prevenne. – Non a questi. Lo dirai agli ufficiali dai quali ci portano.

– Mi ammazzano, – pianse Gilera.

– Non ti ammazzano. Hai solamente quindici anni e per giunta sei ferito. Non possono fartelo. Non piangere, tieniti un po' su. Ti dico che non ti ammazzano. Io al tuo posto non avrei paura.

Il sergente udiva tutto e non diceva nulla.

– E tu, Maté? – domandò Gilera.

– Eh, per me è un po' diverso.

I due soldati avevano attaccato il bue e tutto era pronto per il ritorno sul crinale. Ma quando altri due si avvicinarono a Gilera per caricarlo di peso il ragazzo si mise a urlare e scalciare. Allora Maté se lo prese in braccio lui, lo depose sul carro e gli si inginocchiò accanto. Un soldato tirava il bue per la corda, quattro camminavano ai lati e ultimo veniva il sergente.

– Com'è finita male, Maté, – disse Gilera.

– E siamo appena al principio, – non poté trattenersi dal dire Maté. Esplorava il fondo della strada per individuare le macchie di sangue che li avevano traditi ma ora non gli veniva di ritrovarne una, una sola.

– Allora tu dici che non mi ammazzano, Maté?

– Te lo ripeto.

– Se non mi ammazzano, che mi fanno?

– Ti portano prigioniero a [Marca]. Questi vengono da [Marca].

– E a [Marca] che mi faranno?

– Non lo so, ma il fatto è che non ti fucilano. E tutto il resto è niente, non ti pare?

Salivano lentissimamente, la strada era assai piú erta di quanto Maté l'avesse giudicata. Il soldato alla cavezza incitava il bue con un accento lombardo.

Maté si rivolse al sergente. – Non è vero che a [Marca] gli curerete la ferita?

– E come no?

– Hai sentito, Gilera?

Sboccarono sullo stradone e Maté notò subito che il cadavere di Sceriffo era stato ribaltato nel fosso. Quello

CAPITOLO QUATTORDICESIMO

di Smith rimaneva sulla montagnola. Il fascista morto sulla strada piú a monte era già stato rimosso. Piú avanti c'era una decina di camions, in parte davanti alle due case e in parte scaglionati sul lato destro della strada. Molti, molti soldati si assiepavano lungo la strada in fondo alla quale stava un gruppetto che certamente era composto di tutti ufficiali. Maté smontò dal carro e si mise al passo coi soldati che l'avevano catturato. La truppa ai lati della strada lo guardava passare, intenta e seria, solo due o tre gli fecero con mano e braccio il gesto del fottuto.

Poi Maté scorse Jack in mezzo ai soldati e se ne stupí molto perché credeva si fosse salvato in tempo con tutti gli altri. Jack aveva sicuramente le mani legate dietro la schiena e la sua faccia era tumefatta. Passando Maté girò l'occhio e alzò il mento verso Jack per ottenerne un qualsiasi segno, ma Jack stette immobile, forse non aveva nemmeno visto Maté, tanto aveva gli occhi pesti.

Venne loro incontro un sottotenente e ordinò al sergente di dirigere il carretto al primo camion e trasbordarci il ferito. – E requisisci un materasso per stendercelo.

– Sentito? – bisbigliò Maté. – Non ti fucilano, ti curano. Ciao, Gilera.

– Tu dove vai? – gemette il ragazzo.

– Questo grande viene con me, – disse il sottotenente. – Vieni con me. Il nostro comandante ti vuole vedere e parlare.

Maté lo seguí; rimontando le file dei soldati inespressivi andarono proprio a quel gruppetto in fondo alla strada. Maté non si era sbagliato a dirlo tutto composto di ufficiali. Erano un maggiore, un capitano in combinazione mimetica e due tenenti. Uno di questi stava bevendo a garganella da una fiaschetta di alluminio. Se la staccò dalla bocca e sorrise a Maté, gli sorrise troppo largo, in un modo che Maté non seppe decifrare.

Il capitano ordinò a Maté di mettersi sull'attenti, lui stese le braccia lungo i fianchi ma non uní i tacchi.

Il sole era ancora alto, stranamente rosato.

Il maggiore avanzò di un passo. – Sono il comandante della colonna e sono spiacente di fare la tua conoscenza in queste circostanze. Molto spiacente. Sei un ragazzo in gamba. Molto.

– Fino ad oggi mi ero aiutato, – rispose Maté.

– Si è visto quello che hai fatto e lo si è apprezzato. Molto. Sei un ragazzo in gamba. Guai a noi se fossero tutti come te.

– Grazie, ma guardi che ce n'è di molto meglio.

– Impossibile! Tu sei un soldato. Cioè molto di piú di un partigiano, infinitamente di piú. Vorrei averne tanti di soldati come te nel mio battaglione.

Maté tacque e senza cambiar tono il maggiore riprese: – Capisci che debbo fucilarti?

Maté allargò le braccia.

– Come dici?

– Dico pazienza.

– Quanti anni hai?

– Ventitre.

– E ti chiami?

– Maté.

– Sul serio come ti chiami?

– Maté.

– Va bene. E che facevi nella vita?

– Ero garzone di farmacia.

Il capitano sbirciò l'orologio al polso e il maggiore fece una smorfia. – Capisci che dobbiamo fucilarti?

– Lei dia i suoi ordini, – rispose Maté.

– Ascoltami, – disse il maggiore. – A me ripugna togliere dal mondo i veri soldati. Sono cosí scarsi ormai, in

CAPITOLO QUATTORDICESIMO

Italia, i veri soldati. Ci sarebbe una via. Ne ho già parlato coi miei ufficiali. Ascoltami bene. Passa dalla nostra parte, vesti la nostra divisa e la tua vita è salva.

– Non posso farlo, – rispose subito Maté.

– Come dici?

– Che non posso cambiare.

– Oh! – Scattò il maggiore. – Ti consiglio di riflettere. L'altra alternativa, sai qual è. Passa con noi.

– No, – rispose Maté. – Non stiamo nemmeno a parlarne.

– Perché? – sbottò uno dei due tenenti. – Hai paura di impestarti a passare con noi? Cosa credi che sia il nostro esercito? I banditi, i delinquenti siete voi!

Maté non tolse mai gli occhi dal maggiore. – Non posso cambiare, – ripeté.

– Ma tu vuoi farti fucilare! – disse il maggiore. – Bada che tu resterai sulla coscienza a te stesso. Ripeto che mi ripugna. Tutto perché io ti considero piú un soldato che un partigiano. Ascoltami bene. Se tu vesti la nostra divisa, io ti prometto solennemente, sulla mia parola d'ufficiale, che non ti impiegheremo mai contro i tuoi vecchi compagni. Ti prometto solennemente che ti terremo sempre e soltanto in caserma. Fino alla fine.

Maté scosse gentilmente la testa. – Non posso cambiare.

– In questo caso debbo dare ordine di fucilarti.

– Lei dia i suoi ordini.

– Fucilarti immediatamente.

– Ma sí, – disse Maté, – meglio quassú che in città.

Il maggiore sogguardò il capitano e a testa bassa si allontanò seguito dai due tenenti. Intanto il capitano con un cenno aveva convocato un sergente.

– Voglio prima farti vedere una cosa, – disse il capitano, e mentre andavano: – Hai notato, partigiano, che i nostri morti noi li ricuperiamo sempre, mentre voi i vostri li abbandonate sempre?

– Sí, ma questo non significa niente, – disse Maté. – I nostri morti non se la prendono per cosí poco.

Si fermarono dietro un camion. Sul pianale giacevano i loro tre morti: quello sulla strada, il tenente alla finestra e un terzo colpito nell'interno della casa.

– Hai visto? – fece il capitano.

– Ho visto.

– Stasera farete a pugni lassú.

– Maté! – chiamò Gilera dal camion vicino. L'avevano steso su un materasso, ma si era sollevato su un gomito e non badava a un soldato che gli porgeva la borraccia.

– Ciao, Gilera, – disse Maté e bruscamente seguí il capitano.

Glielo facevano contro il muro della seconda casa, a filo della strada, il muro era un muro a secco, tutto cieco tranne per una finestrella impannata con legno e cartone e alta meno di mezzo metro da terra.

Maté domandò l'ora.

– Le sei e dieci, – lesse il capitano al polso.

– Vorrei scrivere a casa.

– Se fai presto.

– Due righe, – assicurò Maté.

Il sergente aveva un mozzicone di matita ma non la carta. Gridò verso la truppa se qualcuno avesse carta da lettere, un qualunque foglietto, ma nessuno ne aveva. Allora il capitano ordinò al sergente di cercarne nella casa.

– Ci avete già preso un materasso, – protestò subito la donna vedendo irrompere il sergente.

– Voglio soltanto un foglio di carta per scrivere.

La donna si volse ai quattro angoli della stanza e per non saper dove mettere le mani se le mise nei capelli.

CAPITOLO QUATTORDICESIMO

– In fretta, – disse il sergente.

– Non so dove cercare, non ne teniamo, non abbiamo mai occasione di scrivere.

– Avrete un quaderno dei vostri figli.

– Un quaderno sí, – rispose la donna tirando un cassetto.

– Presto, strappatene un foglio.

– Con quel che costano i quaderni, – disse la donna, ma strappò il foglio.

Da sulla porta il sergente disse: – Ritiratevi, tutti voi della casa, nella stanza piú lontana dalla strada.

– Perché? Cosa va ancora a succedere?

– Niente. Fate quello che ho detto, fatelo subito.

– Fate qualcosa alla casa?

– No, non alla casa.

– A cosa serve quel pezzo di carta? – gridò la donna, ma il sergente era già uscito.

Maté si inginocchiò davanti al davanzale. Scrisse: «Carissimi genitori, carissimo Attilio e carissima Piera». Attilio era suo fratello e Piera sua cognata.

Il davanzale era granuloso e la matita perforava la carta. Comunque finí, sí rialzò e consegnò il foglio aperto al capitano.

– Non dubitare, – disse il capitano e tenendo gli occhi distanti lo ripiegò e lo intascò.

Quando echeggiò la raffica Jack ebbe un tale soprassalto che ci vollero tre uomini a immobilizzarlo sebbene avesse le mani legate. Gilera affondò la faccia nel materasso e urlò: – No! Maté no! – Per farlo tacere un soldato percosse col calcio del fucile la sponda del camion. Intanto si erano accesi tutti i motori della colonna.

15

Sceriffo e Smith vennero spogliati nudi e caricati sul furgone delle munizioni.

Jack fu issato sul camion dove già stava Gilera sdraiato sul materasso requisito. Finí rannicchiato in un angolo, compresso dai soldati che si ammassavano da quella parte per non calpestare il materasso di Gilera. Vedendo salire Jack Gilera non aveva fatto una particolare espressione e nemmeno aveva nascosto la faccia, aveva solo sbattuto ripetutamente le palpebre.

Ora, col camion in moto, Jack non riusciva piú a veder niente di Gilera, nemmeno quando ad uno scossone piú violento degli altri i soldati allargavano un poco le gambe per bilanciarsi meglio. Ma senza vederlo Jack aveva Gilera in mente di continuo. «Lui ha quindici anni ed è ferito. Tu ne hai venti e dal di fuori sei sano e intero. Lui si salverà, tu morirai».

Il cordino sottile e forte gli era affondato nella carne dura dei polsi. Le mani pendevano gonfie e inerti. Aveva gli occhi pesti, il destro piú che il sinistro. I denti anteriori gli ballavano tutti. Il labbro inferiore era spaccato netto. E doveva avere costole rotte a giudicare dalle fitte ai polmoni.

Fece una orribile smorfia di disperazione. Era troppo grossa, gli era andata troppo male. L'ultima mortaiata, l'ultima, gli era esplosa a pochi metri e lui era stato tramortito ed abbattuto dal puro e semplice spostamento

CAPITOLO QUINDICESIMO

d'aria. Ricordava di essersi detto «Son morto» mentre gli mancava la vista il respiro e l'equilibrio, ricordava le dozzine di punture alla nuca. E come morto rimase sino a quando si sentí palpeggiare, afferrare e rivoltare supino. Ma durante quei toccamenti era ancora mezzo di là. Tornò tutto in vita al primo pugno e sentí distintamente gridare: «Questo faceva il morto. Non fare il morto!» Jack aprí gli occhi ma subito li richiuse per non vedere i pugni che piombavano sul suo corpo. Ora aveva già la bocca piena di sangue. Riaprí gli occhi e vide uno scarpone chiodato abbassarsi sulla sua testa come una pressa. Era enorme, gli nascondeva tutto il cielo. Jack grugní di orrore, si schivò sulla schiena e afferrò con le due mani lo scarpone. Il soldato premeva, Jack non ce la faceva a bloccarlo, allora torse da un lato la testa, poi rientrò e morse nella tomaia. In quel momento arrivò un ufficiale che sbandò quel gruppetto di soldati. L'ufficiale si diede a batterlo col nerbo di bue, a ogni colpo gridava «In piedi, in piedi!» ma ad ogni colpo Jack si sentiva conficcare di piú nella terra. Arricciava le gambe per pararsi il torace e la faccia, ma le frustate arrivavano ugualmente a segno. Le sue orecchie erano rintronate dal clamore dei soldati, i soldati dovevano essere migliaia e migliaia, e gli pareva che anche il sottoterra producesse rimbombo. «È meglio morire» pensò Jack, ma subito il pensiero lo atterrí e lo fece scattare in piedi come una molla. Ora il nerbo di bue arrivava facile e terribile sulla sua figura eretta ma piú che per la selvaggia battitura Jack si sentí mancare alla vista dei tanti, troppi soldati che affollavano la montagnola di tufo e la strada di cresta e non avevano altro sfogo che lui. Ma nel momento che le ginocchia gli cedevano gli giunse una nerbata sul dorso e per la spinta e la pendenza del terreno Jack si sentí proiettare a valle, verso la strada, proprio in bocca al grosso della truppa. Non voleva arrivarci, perché sapeva che in un lampo l'avrebbero assorbito e fatto a pezzettini, ma non poteva arrestarsi né deviare, perché là lo portavano i colpi dell'ufficiale e, magneticamente, l'urlio dei soldati. Poi l'ufficiale smise di frustarlo perché in quel tratto di strada stavano due o tre ufficiali freddi e supercilious. Come l'ufficiale se ne scostò a Jack si avvicinò un sergente. Con un secco colpo sull'avambraccio gli fece dar le spalle, gli uní i polsi e prese a legarlo con un cordino sottile e forte. L'urlio della truppa calò d'un tratto, sembravano non piú avercela con lui. Jack che stava per gridare: «Perché mi fate cosí? Sono un combattente regolare!» richiuse la bocca. Poi, mentre il sergente finiva di legarlo, sentí parlare dietro di lui una squadra di soldati. Non parlavano di lui, discorrevano di una certa traccia di sangue e delle probabilità che aveva una certa pattuglia di tornare a mani non vuote. Jack capí che si trattava di Maté e Gilera e pregò che accadesse. Era schifoso, se ne rendeva conto, ma sperava li pigliassero, perché non poteva lasciarli sfogarsi tutti su lui solo.

Da quel po' di cielo che riusciva a intravvedere Jack calcolò che erano le sette passate. Vero che il camion sobbalzava maledettamente sulla strada sfondata, ma apposta facevano i soldati a premerlo, schiacciarlo cosí coi piedi e coi ginocchi.

Gilera intanto aveva chiesto da bere e piú di un soldato si era dato da fare con la borraccia. Jack aveva tanta sete che a stento muoveva la lingua in bocca. – Fate bere anche me, – pregò Jack ma il soldato piú vicino sulla faccia gli ritappò e ritirò la borraccia. Gilera ora guardava dalla parte di Jack con la testa un po' sollevata e il mento grondante di acqua. Jack aveva tanta sete che la poca acqua di cui si era sbrodolato Gilera sarebbe bastata a farlo rinascere.

La colonna stava sfilando ai piedi della grande collina di Travio. «Purché Nick non mitragli o butti plastico o

CAPITOLO QUINDICESIMO

questi ci scannano sul camion», pensarono insieme Jack e Gilera. I soldati che conoscevano il pericolo, stavano rigidi e attentissimi alla enorme pendice. Ma Nick non intervenne e i soldati si rilassarono.

Scalarono l'ultima collina e da lassú apparve Marca nella pianura.

– Ci siamo, – disse Gilera in dialetto e abbastanza forte, ma Jack non rispose.

Doveva mancare poco alle otto. La città era rigorosamente oscurata, ferocemente self-contained, il fiume alla sua destra, anormalmente nutrito per la stagione, scorreva piú nero delle sponde nere.

Scendevano l'ultima discesa, a velocità minima, stavano avvicinandosi al passaggio a livello con le sue sbarre alte da un anno. Lucciole evoluivano tra le siepi che bordavano la strada ferrata.

Attraversarono le rotaie e infilarono il vialone di arrivo, a passo d'uomo. Laggiú, davanti al bunker della porta nord, qualcuno stava segnalando alla testa della colonna con una potente torcia elettrica.

Il loro camion era quasi fermo. Jack ebbe paura e pizzicò il polpaccio di un soldato.

– Non mi toccare, carogna.

– Io conosco il tenente Goti, – disse Jack.

Il soldato abbozzò. – Il tenente Goti? Come lo conosci?

– Lo conosco.

– Impossibile. Tu conti balle. È impossibile che il tenente conosca un bandito come te.

– Ti dico che lo conosco, – insisté Jack.

Il camion ora era fermo, a cinquanta metri dal bunker. Il soldato si rivolse a un camerata. – Questo dice di conoscere il tenente Goti.

– Quello della prima compagnia?

– È in questa colonna? – domandò Jack.
– No, noi siamo di altre compagnie.

Il camion scivolò avanti. Si vedeva meglio il soldato che dondolava la torcia elettrica. Segnalava a sinistra e la colonna svoltava a sinistra, per la circonvallazione, diretta alla caserma della fanteria. Invece il loro camion tirò diritto e scansato di misura il bunker puntò al Collegio Civico, arrestandosi davanti alla grande porta carraia. Sia Jack che Gilera sapevano che da due mesi a questa parte il Collegio ospitava il comando della guarnigione fascista di Marca.

Il cortile del Collegio era grande come un campo di football e aveva sul lato sinistro un lunghissimo portico. Tutti gli occhi erano ostruiti da carri agricoli, animali da tiro alla catena, pile di masserizie e attrezzi e montagne spioventi di foraggio. Tutta roba prelevata dalle case di campagna che avevano ricoverato i ribelli e trasportata in città unitamente ai proprietari, maschi e femmine, destinati al processo o puri e semplici ostaggi. Qualche bue muggiva, probabilmente di disagio o per fame, nonostante le enormi quantità di foraggio asportato. Nel cortile girovagava un buon numero di cani, già di guardia alle case conniventi. I cani erano placidi o allegri, ognuno era diventato la mascotte di questo o di quel reparto e due volte al giorno si trovavano davanti al muso monticelli di residui di rancio.

Gilera venne scaricato col materasso. Jack non riusciva ad alzarsi e perché aveva le mani legate e perché era tutto anchilosato. Un militare col piede fece leva fra la schiena del prigioniero e la fiancata del camion e cosí lo mise in piedi. Poi Jack dovette saltar giú e come toccò terra le ginocchia gli cedettero e finí acciambellato sulla polvere. Come si rialzò, Gilera era avanti di una decina di passi e

CAPITOLO QUINDICESIMO

diceva con una certa petulanza: – Portatemi all'ospedale. Io debbo esser portato all'ospedale.

– Sarai subito curato, – disse uno dei soldati. – Vedrai come ti cureremo bene.

– Io voglio i medici dell'ospedale, – insisté Gilera. – Non è che di voialtri non mi fidi, ma voglio i medici dell'ospedale civile.

Attraverso una porta vetrata con quasi tutte le lastre rotte entrarono in un androne lunghissimo, buio, deserto, con una sequela di porte, tutte chiuse.

Gilera si sollevò un poco e disse: – Un sergente lassú in collina mi disse che in città avrei avuto tutte le cure necessarie. Dov'è andato a finire quel sergente?

– Calma, partigianino, calma, – disse uno dei portatori. – Avrai tutto quel che ti spetta.

– Ma non c'è tempo da perdere, – protestò Gilera. – Io qua ci perdo il piede. Mi sento la febbre alta.

Avevano già passato una decina di quegli usci misteriosi senza il minimo accenno a deviare ed entrarci.

– Ma che ti credi? – disse il soldato di prima. – Noi abbiamo tanto di sanità. Siamo un esercito, noi, mica come voi.

– Ma io voglio essere portato all'ospedale, voglio i medici borghesi.

Jack dentro di sé bestemmiò contro Gilera che con la sua impertinenza incosciente finiva di seccare i soldati e mettere in maggior pericolo anche lui Jack.

Finalmente, dopo che aveva percorso quasi un terzo del perimetro del grande edificio, deviarono verso una portina a destra ed entrarono in una stanza. Doveva essere un locale di studio, ma tutto il materiale scolastico era stato da tempo asportato ed ora lo stanzone era perfettamente nudo. Nel centro della parete di fondo splendeva una lampada elettrica di molte candele. Oltre la porta non c'era altra apertura che una finestra quadrata, piuttosto alta, subito a lato della porta.

I soldati deposero il materasso rasente il muro della porta, proprio sotto lo sgrondo della finestra. Poi, senza nulla fare o dire a Jack, uscirono, lasciando una sentinella esterna.

Jack aderí alla parete e poi si lasciava cautamente scivolare di schiena, ma nell'ultimo tratto si lasciò andare e cosí cascò seduto con un tonfo sordo.

– Fa' attenzione, – disse Gilera senza guardarlo.
– Tanto siamo fottuti, – bisbigliò Jack.
Gilera alzò gli occhi dal suo piede: – Non credo.
– Vedrai.
– Che ore saranno? – domandò Gilera semplicemente.
– Le nove saranno. Il campanile della cattedrale spiove proprio sul Collegio.
– È vero, – ricordò Gilera con un filo di voce.
Poi aggiunse: – Sai a che pensavo passando dal bunker? Che quella era la nostra strada per andare al campo sportivo dove abbiamo fatto tante corse e giocato tante partite.
– Comunque siamo fottuti, – disse Jack.
– Non credo, – ripeté Gilera.
Sentirono passi echeggiare nel corridoio e dirigersi alla loro porta.
– Vengono di già, – disse Jack irrigidendosi contro la parete.

La sentinella aprí la porta e introdusse due soldati. Erano entrambi disarmati, uno portava materiale sanitario e l'altro reggeva una gavetta fumante.

– Io ho bisogno di un dottore, – protestò subito Gilera.
– Io ne so quanto i dottori, – disse bonariamente l'infermiere inginocchiandosi presso il materasso.
– Finisce che ci perdo il piede.

– Invece di criticare bevi questo, – disse l'altro soldato accostandogli la gavetta. – No, non è veleno. È brodo, e buono.

Gilera ne ingollò qualche sorsata, poi disse: – Te ne lascio, Jack. Per piacere, date il resto al mio compagno.

Ma il soldato disse: – Non è per lui. Piuttosto di darlo a lui lo butto in cortile. Bevilo tutto tu.

– Tutto qui? – osservò l'infermiere che aveva messo a nudo il piede ferito. – E un ragazzino ardito come te si lascia impressionare da tanto poco?

– Piuttosto misuratemi la febbre, – disse Gilera. – L'avrete un termometro.

L'infermiere non fece che voltarsi, accostarsi carponi alla testiera del materasso e applicare una mano sulla fronte di Gilera.

– Ebbene? – domandò poi Gilera.

– Fresco non sei, non puoi esserlo, ma nemmeno scotti.

– Fa' provare anche a me, – disse l'altro soldato e pure lui applicò una mano sulla fronte di Gilera. Poi disse: – È un'idea di febbre. Sta' tranquillo, partigianino.

Si sentirono le nove battere al campanile della cattedrale.

– E adesso, – disse l'infermiere, – chiudi gli occhi e stringi i denti perché vado a disinfettarti il piede.

– È alcool, – domandò Gilera già a occhi serrati.

L'altro soldato si rizzò e venne da Jack.

Lo scrutò un poco e poi disse: – Tu, hai una faccia da carogna, tu.

Jack non replicò, si limitò a chinare ancor piú la testa.

– È inutile che chini la testa. Non si nasconde. Tu hai una tale faccia da carogna, hai degli occhi da jena. Tu devi averne fatte, eh?

– Io non ne ho fatte, – disse allora Jack sempre col

mento sul petto. – Io non ho proprio niente sulla coscienza.

– Ne hai, ne hai, – disse il soldato. – Tu sei esattamente il tipo che dico io. È inutile che ora fai il calunniato e l'offeso, la vittima. Tu devi averne fatte di vigliaccate ai nostri.

– Non è vero, – disse Gilera dal materasso. – Questo mio compagno non ne ha mai fatte di vigliaccate. Ve lo garantisco io.

– Tu, – disse il soldato a Gilera, – tu, partigianino, statti zitto. Non ti approfittare della simpatia, non abusare. Si riattaccò a Jack: – Dio che lurida belva sei, Dio che occhi sporchi e feroci hai.

Jack teneva sempre la testa bassa e lacrimava.

– Ora basta, – disse l'infermiere al camerata. – Ora lascialo perdere.

Il soldato si rivoltò come morso. – Tu statti buono, vaselina. Tu lasciami fare. Ma si capisce che tu sei piú tenero. Tu non sei mai uscito una volta in rastrellamento.

L'infermiere abbozzò e il soldato si riattaccò a Jack. Ma prima che riaprisse la bocca parlò Jack e disse: – Non è vero niente di quello che pensi di me. Il fatto è che io ho patito di piú di quanto abbia fatto patire. Non c'è confronto. Questa è la verità.

– No, no, no, – disse il soldato. – È inutile che parli come un buon cristiano. A me non la dai a bere. Tu sei una bestia feroce e vigliacca, tu sei un delinquente perfetto. Sapessi come io ti vedo bene. Dio quante infamità devi aver fatte. Perché qui non si tratta piú di essere fascisti o partigiani, neri o rossi o che so io, qui non è piú questione di parte. Capiscimi, capitemi tutti. Qui si tratta solo piú di essere uomini o belve. E tu sei una belva, e se neghi io ti spacco il cranio contro il muro. Perché ce l'hai troppo chiaro scritto in faccia. E i tuoi compagni, se fossero quei

CAPITOLO QUINDICESIMO

santi, quegli angeli, quei liberatori che la gente dice e crede che siete, avrebbero già dovuto fucilarti essi stessi. Te e i molti che somigliano a te. Magari dopo far fuori tutti noi, ma prima far fuori te e tutti quelli come te. Ma mica lo hanno fatto, mica cominciano a farlo. Perché sono belve come te, la grande maggioranza è criminale come te, e perché senza le belve come te non riuscirebbero a tirare avanti questa guerra.

– Non è vero, – disse Jack roteando la testa contro il muro.

– Non è vero, – disse Gilera dal materasso.

– Potete ammazzarmi, – riprese Jack, – ma non è vero niente. Io sono una vittima.

Chiuse gli occhi perché si aspettava dal soldato una grandinata di sventole, ma in quella si sentí una voce domandare alla sentinella fuori del partigiano grande e grosso e non ferito.

– Gilera, – fece Jack, – Gilera, io sono fottuto.

Entrarono due soldati col moschetto che avanzarono verso Jack. Poiché Jack non si alzava lo tirarono su per le ascelle.

– Dove mi portate? – gridò Jack.

Non gli risposero ma lo incamminarono con uno spintone.

– Gilera, – si voltò a dire Jack, – io sono fottuto.

– Ti porteranno semplicemente all'interrogatorio, – balbettò Gilera.

– Sí, all'interrogatorio, – confermò uno dei soldati.

Da sulla porta Jack disse: – Gilera, io sono fottuto. Che i miei siano avvisati. Ci sarà un prete...

– Ora zitto, – comandò un soldato spingendolo nel corridoio. – Se riapri bocca ti giro questo sul cranio.

In tutto l'enorme fabbricato non c'era altro rumore e altro movimento che il loro. Deviarono presto a sinistra e presero per una scala. Jack non distingueva i gradini e inciampava e titubava spesso.

– Ditemi dove mi portate, – disse a metà della scala.
– Appena al primo piano. È per l'interrogatorio. Gli ufficiali stanno tutti al primo piano.

Al piano superiore infilarono una delle prime porte e riuscirono in una stanza quasi identica alla inferiore e poco piú arredata. C'erano solamente degli attaccapanni e appesi a quelli i berretti e le giubbe di un mezzo plotone. Ma c'era un uomo solo, in shorts e canottiera, i soldati gli davano del sergente. Anche qui la luce elettrica era molto potente.

Gli ordinarono di dare le spalle e subito Jack sentí la punta di una baionetta insinuarsi tra i suoi polsi.

Poi Jack si rigirò e stava a occhi bassi a esaminarsi e soffregarsi le mani. Quando gli arrivò il primo pugno al corpo. Era stato quel sergente. Jack annaspò e barcollò all'indietro. Non era ancora riequilibrato che gli arrivò il secondo pugno, questo alla mascella, e Jack crollò intero sul pavimento.

Il sergente si chinò e gli aggiustò un terzo pugno sulla bocca.

– Questo è per il mio camerata Basevi! – urlò il sergente.

La bocca di Jack era inondata di sangue.

Il sergente gli allungò un calcio in un fianco.

– Chiedimi almeno chi era! – urlò.

Jack roteava la testa sul pavimento per ritrovare il fiato.

– Non me lo chiedi? – gridò il sergente e lo colpí nuovamente col piede.

Allora Jack gridò: – Chi è? – sputando sangue e muco.

Il sergente non rispose ma lo colpí ancora.

– Io conoscevo il sergente Basevi, – disse uno dei due soldati.

CAPITOLO QUINDICESIMO

Il sergente non rispose, manovrava per accendersi una sigaretta con dita spellate e insanguinate.

– Ho sentito dire, – disse l'altro soldato, – che prima della baraonda eravate pugile, sergente, e un pugile campione.

– Lo ero sí, – disse il sergente, ma con un tono che troncava l'argomento.

Jack giaceva sul pavimento, gli occhi serrati, agitandosi un poco quando avvertiva le fitte delle lesioni. Piú tardi provò a sollevare la testa dal pavimento ma senza riuscirci. Le sue mani annaspavano nelle pozze del suo sangue.

– Vuole parlare, – disse un soldato.

Infatti Jack balbettò: – Voglio essere interrogato da un ufficiale.

Il sergente sputò verso lui.

– Fate venire un ufficiale, – disse Jack, – perché io non mi posso piú muovere.

– Ma certo, – disse il sergente immobile.

– Voglio essere interrogato dal tenente Goti.

Uno dei due soldati si curvò su di lui, interessato e sorpreso al massimo. – Ha detto il tenente Goti. È il mio comandante di plotone. E come lo conosce?

– Balle, – disse il sergente.

Ma il soldato insistette e richinandosi su Jack gli domandò: – Da chi hai detto che vuoi essere interrogato?

– Dal tenente Goti.

– Lo conosci?

– Certo.

– E come fai a conoscerlo?

– Lo conosco. Dirò tutto a lui.

– È il mio ufficiale, – disse il soldato al sergente. – Lo ha nominato chiaramente. Io andrei ad avvisarlo. Sta appena al terzo piano.

Il sergente si chinò su Jack. – Rispondimi. Che cosa ha da dire un topo di fogna come te a un nostro ufficiale?

Jack non riaprí piú gli occhi. – Importante.

– Cose importanti? che genere di cose importanti?

– Fatemi bere o non tiro piú fuori parola.

– Parla o ti faccio parlare io, – disse il sergente. – Che genere di cose importanti?

– Questione di vita o di morte. Per il tenente.

– Avete sentito, sergente? – fece il soldato molto eccitato.

– Perché è questione di vita o di morte? – insistette il sergente.

Jack roteò la testa sul pavimento. – Sono sfinito. Non posso spiegarlo a voialtri. Tanto voi non capireste, mentre il tenente capirebbe a volo.

– Lasciatemi andare, sergente, – disse il soldato.

– Va', – disse allora il sergente, – per quanto è difficilissimo che lo trovi. Fanno i nottambuli, i nostri ufficiali.

Poi il sergente si rivolse all'altro soldato. – Tu scendi e torna con una sedia e un secchio d'acqua. Spicciarsi.

Il sergente si riavvicinò a Jack. – Fai il furbo, eh? Giochi tutte le carte, eh? Ma se credi di salvarti con questa storia di Goti... Tenente o non tenente, non ti salverai. Qui, se Dio vuole, non si salva piú nessuno.

Jack non rispose.

– Ti ho bene sfasciato, eh? – riprese il sergente. – Ho una bella castagna, eh? Sfido io, ero campione lombardo dei novizi. Sei davvero capitato male. Proprio sotto i pugni di un campione dovevi capitare. Ma consolati che non sei il primo né l'ultimo. Con un pugno posso spezzarti il fegato. Se non mi credi posso provare. Proviamo? Non mi vanto mica, sai? Ero davvero campione lombardo dei novizi, quando voialtri bastardi avete messo su tutto questo casino.

CAPITOLO QUINDICESIMO

Tornò il soldato con la sedia e l'acqua. La sedia l'afferrò il sergente, ci si sedette a cavalcioni e intanto istruiva il soldato su come dar l'acqua al prigioniero. – Non la far colare, ma sbattigliela sul porco muso.

Il soldato sbatté l'acqua in fronte a Jack, poi andò a deporre lontano il secchio e intanto chiedeva al sergente: – Il tenente Goti pensavo di trovarlo già qui.

– Non c'è ancora, – rispose il sergente. – Io l'ho detto. Conosco i vizi dei nostri ufficiali. Sono nottambuli e puttanieri, ecco quel che sono quasi tutti. E poi non strilliamo se ogni tanto dobbiamo andare a raccoglierne uno a un angolo di strada o dietro un portone.

Rientrò il soldato andato per il tenente. – Non ancora rientrato. Ho bussato diverse volte alla sua porta e ho aspettato parecchio, ma non c'era. Ho persino provato a bussare alla porta del tenente Bernardini che è amicissimo del mio tenente. Ma nemmeno lui c'era.

– Che cosa avevo detto? – commentò il sergente.

– La fanno lunga, – disse Gilera al piano inferiore.

L'infermiere si era seduto al fondo del materasso, badando a non schiacciare il piede di Gilera, e fumava con la schiena addossata alla parete.

– La fanno lunga, – ripeté Gilera. – Voi che ne dite?

– Dico che non c'è da stupirsene. Ma può darsi che l'interrogatorio sia già finito e il tuo compagno l'abbiano già portato in carcere.

– Mi spiace che ci abbiano separati, – disse Gilera. – Eravamo compagni.

– Per te è meglio che resti solo. Io non me ne intendo molto, sono solo uno spremiforuncoli, ma penso che ti conviene restar separato da quello.

– Era un mio bravo compagno. Erano tutti miei bravi compagni. In quale carcere lo portano? Forse al vecchio San Giuseppe?

– Dipende, – disse l'infermiere, – dipende da quello che gli hanno trovato sulla coscienza. A San Giuseppe di norma portano tutti quelli che non vanno eliminati o non vanno eliminati presto. Gli altri li rinchiudono nei sotterranei del Seminario Minore.

Gilera si morse il labbro. – Ne chiudono piú nel Seminario che al San Giuseppe, vero?

– Questo è un fatto.

– C'è una proporzione? E quale?

– Be', – fece l'infermiere, – tre su cinque, quattro su

CAPITOLO SEDICESIMO

cinque. Ma io vado per sentito dire. Piú Stella Rossa che voialtri badogliani, comunque. Sú, fumati questa sigaretta.

– Non fumo.

– La puoi fumare, credi a me, non ti fa male.

– Non fumo per abitudine, – precisò Gilera. – Non ho ancora l'età.

– Però per entrare nei partigiani l'età l'avevi.

Gilera non rispose niente.

– E nei partigiani il vizio di fumare non l'hai preso. Magari hai preso tutti gli altri vizi, eh? A proposito, come stavate a sigarette?

– Un fottio. Sigarette inglesi.

– Ah. E come sono?

– Non posso dire perché non ne ho mai assaggiate. Ma i miei compagni le trovavano dolci.

– Ah, dolci sono. Pagherei per fumare una sigaretta dolce. Queste, le nostre, sembrano fatte di segatura di ferro, tanto ti scorticano i polmoni.

Gilera aspettò che l'altro tirasse un paio di boccate e poi disse: – Il mio compagno è finito in prigione ed io dove finirò?

– Non lo so.

– All'infermeria?

– Non so. Abbiamo l'infermeria, ma è piena di nostri soldati feriti e scassati dai vostri e non credo ti ci vogliano. O di notte uno di quelli si alza e viene a strangolarti nel letto.

– Allora all'ospedale? – azzardò Gilera.

– Non ci serviamo piú dell'ospedale, – rispose il soldato, – da quando un vostro ferito è riuscito a scappare. Mi ricordo che volevamo fucilare tutti i medici, tutti gli inservienti e persino le suore.

Gilera si agitò sul materasso. – Ma allora. Mica posso stare sempre su questo materasso e in questa stanza.

– Arriveranno gli ordini relativi.

– Quando arriveranno?

– Questo non lo posso sapere. Arriveranno. Non so nemmeno da chi, perché qui non si sa piú bene chi comanda. Il colonnello no di certo.

– Credo mi sia tornata la febbre, – disse Gilera.

– Qualche linea, è naturale, ma è perché discuti e ti preoccupi.

– E come non mi preoccupo?

– Alla tua età dovevi startene a casa, – canterellò l'infermiere.

– Strano, – osservò Gilera. – La stessa cosa mi dicevano alcuni dei miei stessi compagni.

– Segno che anche fra voi qualche persona quasi normale c'è. Sai che ti dico? Io non sono sanguinario, l'avrai capito, ma vorrei tanto avere in mano uno di quei criminali che ti hanno arruolato.

Dal piano superiore scese un rumore di passi e di bussi.

– Che è? – fece Gilera.

– Niente. Ufficiali che rientrano. Gente che va alle latrine o va a dare cambi.

– A me che mi faranno? – domandò Gilera riadagiandosi.

– Il processo.

– Dove? Qui dentro?

– Macché. In tribunale. Il tribunale di Marca funziona solo piú per noi.

– E come andrà a finire il mio processo?

– Presto detto. L'ufficiale dell'accusa ti chiederà la pena di morte perché al disotto della morte non chiede mai. Poi gli ufficiali della corte, visto che hai appena quindici anni e che sei stato catturato ferito dopo combattimento regolare, ti affibieranno trent'anni.

– Trent'anni!?

– Che vuoi che siano? Mettici la firma. La guerra non durerà tanto.

– No di certo.

– E allora mettici la firma.

– Ma trent'anni...

– Non saranno mai trent'anni. Perché se vincete voi i tuoi ti libereranno subito, e se vinciamo noi daremo l'amnistia.

– E dopo il processo mi manderanno al vecchio San Giuseppe?

– Credo di sí. Già ti ho detto che è là che chiudiamo quelli che non vanno eliminati.

Gilera sospirò profondamente, poi domandò che ore fossero. L'infermiere scoprí l'orologio d'acciaio al polso. – Quasi le undici.

– Mi è capitato poche ore fa, – disse Gilera, – e mi sembra un secolo che sono qua dentro. Pensiamo a quando sarò rinchiuso in San Giuseppe.

– Pensa alla pelle, unicamente alla pelle, – consigliò il soldato.

– Intanto vorrei che fosse già domattina.

– Anch'io, – disse l'infermiere. – Non posso piú vedermi di notte. Vorrei che il sole non tramontasse mai. È una malattia che m'ha preso solo da quando sono soldato.

17

Il tenente Goti si era messo a letto da pochi minuti quando il soldato tornò a bussare alla sua porta.
– Sono il soldato Artoni del vostro plotone, tenente.
– Che c'è a quest'ora? Hai un ordine di servizio?
– Affare vostro personale, signor tenente. Scusate se mi sono permesso.

Goti era completamente nudo e si affrettò a infilare i calzoni del pigiama.

Il soldato Artoni continuò dall'esterno: – Non so se sapete che oggi abbiamo preso due partigiani badogliani...

Il tenente aprí la porta ed apparve a torso nudo nel vano.
– Io che c'entro, Artoni?
– Uno dei due, – spiegò il soldato, – il piú uomo, dice di conoscervi e di dovervi parlare di cose importanti.
– A me? È impossibile. Io non conosco nessun partigiano badogliano.
– Ma lui conosce voi. Ha fatto il vostro nome chiaro e netto. Sapeva persino che siamo della prima compagnia.
– Tu eri presente? Che tipo è?
– Statura media. Ben piantato. Ha i capelli biondi come i vostri, tenente. Della fisonomia non posso dire perché è bombato.

L'ufficiale scosse la testa. – Tipo di studente? – domandò poi.
– Non mi pare. Tipo di operaio, o di sfaccendato.

CAPITOLO DICIASSETTESIMO

– Sappiamo come si chiama? Tu hai sentito?
– No, nemmeno il nome di battaglia.
– Che succede? – domandò il tenente Bernardini incuneandosi fra Goti e il soldato. Non indossava altro che uno slip.
– Una cosa fantastica, Nello. Sotto c'è un badogliano nostro prigioniero che dice di conoscermi e di dovermi parlare.
– Questione di vita o di morte, ha specificato, – aggiunse il soldato Artoni.
– Fa già tanto caldo, – disse il tenente Bernardini. – Tu che ne pensi, Giorgio?
– Che è materialmente impossibile. Non conosco nessun partigiano badogliano.
– Fruga bene nella memoria. Che non sia un tuo lontanissimo cugino o un tuo vecchio compagno di scuola. Alle volte capitano di queste scocciature.

Goti scosse decisamente la testa. – Conosco uno solo dei miei compagni di scuola finito nei partigiani. Ma se è ancora vivo deve trovarsi in montagna, nella G.L.
– Potrebbe essersi trasferito, – osservò Bernardini. – Sai come fa questa gente. Quando è stufa di un posto o di una formazione cambia facilmente. Potrebbe essere proprio quello passato su queste porche colline.
– No, no, non può essere che un trucco, – disse Goti.
– Hm, – fece Bernardini. – E per montarti un trucco quello si sarebbe fatto prendere e portare in bocca a noi?
– Vediamolo, – disse allora Goti, ma con riluttanza.
– È al piano terreno, – avvertí il soldato retrocedendo verso la scala.
– Vengo anch'io, Giorgio?
– Grazie, Nello. Stavo per chiedertelo.
– Lasciami solo indossare qualcosa di piú, – disse il tenente Bernardini.

Rientrò in camera sua riuscendone dopo un attimo con un impermeabile sulle spalle.

Scendevano, senza fretta, il piú lento il tenente Goti.

– Quello si aspetta che tu gli salvi la pelle, – disse dopo un po' Bernardini.

– Io non farò niente di niente, – rispose senza esitare il tenente Goti. – Io né lo salvo né lo condanno. Io lo lascerò al suo destino.

– Non parlare di destino, parla di Riccardi e Chiaradia.

Erano arrivati al piano e svoltarono nel corridoio lunghissimo.

– È ancora lontano? – si informò Goti.

– La penultima porta, – rispose il soldato.

– Chi è con lui? – domandò il tenente Bernardini.

– Quel sergente lombardo della boxe.

– È molto bombato?

Rispose il soldato: – Ne ho visti di peggio conciati.

– Io so che rigetterò tutta stanotte, – disse Goti. – Odio il sistema. Io non ho niente in contrario a che gli si pianti una palla in testa, ma non posso vedere la gente sfondata a calci e pugni.

– C'è poco da obiettare, – bisbigliò Bernardini. – Il sergente della boxe ce l'ha mandato il maggiore Chiaradia.

Il soldato Artoni ripeté: – Ne ho visti di peggio conciati.

La sentinella aprí la porta ed essi entrarono nella stanza violentemente illuminata.

Jack stava rattrappito sulla sedia e per poterlo esaminare il tenente Goti dovette arrovesciarlo sullo schienale.

– Non l'ho mai visto, – concluse. – Non ho mai pensato, anzi, che potesse esistere un ragazzo cosí.

Il tenente Bernardini spedí fuori in corridoio i tre soldati e fece star sulla soglia il sergente. Poi si accostò a Jack e senza toccarlo gli disse:

CAPITOLO DICIASSETTESIMO

– Partigiano, apri gli occhi. Questo davanti a te è il tenente Goti, quello che tu hai affermato di conoscere. Lui non ti conosce, non ti ha mai visto in vita sua. Spiegaci come fai a conoscerlo, sia solo di nome, e che cose importanti hai da dirgli.

– Sí, – gorgogliò Jack, ma non aggiunse altro.

– Hai sentito quello che ti ho chiesto?

– Sí, – ripeté semplicemente Jack. Visibilmente si sforzava di aprire gli occhi il piú possibile ma i gonfiori muravano.

– Santo Dio, – scattò il tenente Goti, – era proprio indispensabile gonfiarlo cosí sugli occhi?

– Io sugli occhi non l'ho toccato, – rispose freddo il sergente. – Gli occhi glieli avevano già fatti in collina.

Il tenente Goti si rivolse a Jack. – Io non ti ho mai veduto e potrei giurare che tu non hai mai visto me. Dimmi come sai il mio nome e persino a quale compagnia appartengo.

Jack allora disse: – Attraverso la maestra.

Goti impallidí e si eresse. – Quale maestra?

– La maestrina di San Quirico.

Goti si era già slanciato. Afferrò Jack per le spalle e lo inchiodò allo schienale. – Che le avete fatto? Parla. L'avete interrogata coi vostri sistemi? E che altro le avete fatto?

Era cosí angosciato che non poté attendere la risposta di Jack ma dovette appoggiarsi su Bernardini. – Nello, questi delinquenti hanno fatto qualcosa a Edda!

– Nessuno le ha fatto niente, – disse Jack a precipizio. – Nessuno le ha torto un capello.

– Se le avete fatto qualcosa...

– Niente le abbiamo fatto! – gridò Jack. – Non il piú piccolo sfregio. Se ne sta calma e tranquilla nella sua scuola. Potete andare a controllare.

– Se non le avete fatto niente di male, – incalzò Goti, –

come mai la maestra vi avrebbe detto di me? Non ci credo nemmeno vedessi.

– Sta' calmo, – bisbigliò Bernardini. – Cambi colore al minuto secondo.

Dalla soglia uno dei soldati avvisò che aveva pronta una gavetta d'acqua.

– Sí, fatemi bere, – implorò Jack.

– Sí, – disse Goti, – ma in fretta.

– Al contrario, – consigliò Bernardini. – Fatelo bere poco e adagio. O si ingorga e dovremo aspettare anche di piú.

– Ancora, – disse Jack al soldato che gli dosava l'acqua.

– Basta cosí, – disse Goti. – Ti faremo bere ogni cinque minuti. Allora: come avete fatto a sapere di me attraverso la signorina?

– Lo sappiamo appena in due, – rispose Jack. – Io e un mio compagno. È andata cosí. Questo mio compagno è diventato amico della signorina.

– Amico? – balbettò il tenente Goti. – Che cosa vuoi dire con amico?

– Amico, amicizia, – disse Jack.

– Continua, – disse il tenente Bernardini.

– La signorina ha fatto amicizia con questo mio compagno che si chiama Milton e nei loro discorsi deve avergli parlato di voi.

– Non ci credo, – disse Goti.

– Aspetta, – disse Bernardini. – Fin qui io non ci trovo niente di anormale.

– Non ci credo, – ribatté Goti. – Edda non l'ha fatto. Edda con questi non si sporca.

– Aspetta, – disse Bernardini. – Continua con questo Milton, partigiano. A proposito, tu come sai dell'amicizia tra questo Milton e la signorina?

– È stato Milton stesso a confidarmelo, una notte che

aspettavamo gli apparecchi inglesi. E so che si vedevano abbastanza spesso, perché io che ero al corrente notavo il movimento di Milton. Si metteva in borghese e scendeva a San Quirico. Alle volte il nostro comando cercava di lui senza mai trovarlo. Io che sapevo non fiatavo perché l'avevo promesso a Milton.

– Restava fuori molto? – domandò Bernardini.

– Giorni. Anche notti intere.

– Sei uno sporco bugiardo, – disse il tenente Goti.

– Dico la verità! – giurò Jack.

– Quello io saprei come castigarlo, – disse dalla soglia il sergente.

– Non battetemi piú, – pregò Jack, – ma fatemi bere un altro po'.

Il tenente Bernardini fece un cenno al soldato con la gavetta e mentre Jack beveva disse a Goti: – Secondo me non mente affatto. Non interrompiamolo a vuoto, Giorgio. Può essere veramente questione di vita o di morte.

Si rivolse a Jack: – Che tipo è questo Milton? Un vostro ufficiale?

– No, – rispose Jack, – è un partigiano semplice come me, ma se volesse potrebbe essere ufficiale.

– Vuoi dire che è uno studente?

– Sí, quando è nato il pasticcio studiava all'università.

– Dunque è uno studente universitario. E come partigiano che tipo è?

– Uno dei piú terribili.

– Uccide?

Jack gemette.

– Uccide? – incalzò il tenente Bernardini.

– Sí.

– Precisami una cosa. Uccide quelli che gli consegnano o uccide quelli che becca lui personalmente?

– Solo quelli che becca lui. Per questo va sempre a caccia.

– Ah. E pur di beccarne cerca per dritto e per traverso.

– Per dritto e per traverso, – confermò Jack.

– Allora, – disse il tenente Bernardini, – che cos'è che volevi dirci in definitiva?

– Allora, – disse Jack, – io sono convinto che Milton si è fatto amico della signorina per arrivare al tenente.

– E il tenente non ci crede, – disse Goti tra i denti.

– Puoi sbagliare, – bisbigliò Bernardini.

– Sarebbe vendermi. Edda non mi vende.

– Non coscientemente, certo. L'altro la sfrutta e ne carpisce la buona fede. Non sarebbe il primo caso. Le due mani non bastano a contare gli ufficiali fregati da donne.

– Vacci piano, Bernardini, – disse Goti. – Quelle non erano donne, ma puttane e gaglioffe. I nostri ci andavano solo per fottere e sono spirati sulla fica. Ma Edda ed io ci sposeremo, solo che io ne esca vivo, e intanto ci trattiamo da fidanzati.

– Fatemi ancora bere, – disse Jack.

– Bevi, – disse il tenente Goti, – ma sappi che non ti credo. La tua è solo una manovra per impietosirmi e indebitarmi. Tutto quello che hai detto mi ha fatto schifo e soltanto schifo.

– State attento al primo appuntamento, – disse Jack.

– Vieni un momento con me, Giorgio, – disse Bernardini.

– Dove?

– Solo in quell'angolo.

Quando furono nell'angolo Bernardini domandò a Goti se avesse un prossimo appuntamento con Edda.

– Sí, grazie a Dio.

– Per quando?

– Dopodomani pomeriggio.

CAPITOLO DICIASSETTESIMO

– Avete un luogo fisso?
– No. Alle volte scappo io a San Quirico, alle volte scende lei in città.
– Quello di posdomani dove è fissato?
– Sull'argine del fiume. Piú precisamente lungo il canale della centrale elettrica. Non c'è bisogno che tu faccia smorfie.
– Non faccio smorfie. Vi eravate già incontrati sull'argine?
– Mai. Ma tu sei ugualmente pazzo a pensare quel che pensi. C'è un motivo. In città i partigiani hanno i loro informatori. Probabilmente ci hanno già notati in coppia e forse anche segnalati. Tutto qui.
– D'accordo. Chi ha fissato l'appuntamento?
– Edda. Mi ha scritto un biglietto.
– La scrittura è sua?
– Ora sei ridicolo.

Il tenente Bernardini si rivolse a Jack. – Ancora una cosa, partigiano. Quando è cominciato tutto questo?
– Che cosa?
– L'amicizia di questo Milton e della signorina?
– Dura da un mese.
– Goti, – disse Bernardini, – hai rivisto la signorina in questo mese?
– No. Ma si spiega. Non abbiamo avuto un momento di tregua. Lo sai quanto me. Operazioni tutti i giorni.
– E lei nel frattempo ti ha scritto? O non hai ricevuto altro che il biglietto con l'appuntamento per posdomani?
– Solo il biglietto, ma non significa niente. Ci scriviamo assai poco, preferiamo dirci tutto a voce. Tu sei pazzo, Bernardini. Per piacere la prossima volta che mi vedi con Edda passa oltre senza salutare.

Il tenente Bernardini si era già rigirato verso Jack.

– Una ultima cosa. Che tipo è questo Milton fisicamente? Bel ragazzo?

– Bisogna vederlo, – rispose Jack.

– Che significa?

– È il piú bel ragazzo di tutta la divisione.

– Per te il quadro è completo, vero? – bisbigliò Goti.

– Mi spiace, ma per me ci siamo.

– Tu sei pazzo.

– Possiamo anche andare, – sospirò Bernardini. – Sono le 11,15. Non c'è altro da ricavare. Tu, Goti, hai tutta stanotte e tutto domani per decidere su questo appuntamento.

Mossero verso la porta e allora Jack urlò: – Tenente! Tenente!

– Sta' fermo, – disse il sergente correndo a inchiodarlo allo schienale.

Ma Jack continuò a urlare: – Fate qualcosa per me! Io per voi... – ma non poté continuare perché il sergente gli strinse il collo a cravatta.

Goti era già uscito, Bernardini indugiò un attimo sulla soglia. Per quanto provetto, gli riusciva sempre difficile evadere dal raggio di attrazione dei morituri.

Jack si dibatteva invano, ma riuscí ancora a mugolare: – Solo la vita... – Il sergente fece pressione con l'avambraccio.

– Sergente, – disse il tenente Bernardini, – diamo un taglio ai pugni, intesi? E fatelo bere quanto vuole.

Uscí e l'eco dei passi nel corridoio si spense in mezzo minuto.

Jack piangeva. – Non hanno fatto niente per me. Mi hanno abbandonato. Muoio da porco.

– Te l'avevo detto io che qui nessuno piú si salva.

D'improvviso gli portò un pugno in piena faccia e Jack crollò in uno con la sedia.

CAPITOLO DICIASSETTESIMO

– Sergente? – chiamò da fuori una guardia. – Si ribella?

– Resta lí. Questo bastardo mi ha morsicato una mano. Ma lo domino io.

Rimise in piedi la sedia, poi raccolse Jack e lo ripiantò seduto. Gli era piaciuto inaspettatamente veder crollare insieme l'uomo e la sedia. Una piccolezza, ma libidinosa. Riaggiustò accuratamente Jack e lo colpí con tutta forza rimandandolo lontano a catafascio con la sedia. Sí, valeva la pena di ripetere.

Gilera era solo nella sua stanza al piano terreno. L'infermiere lo aveva lasciato con una gavetta d'acqua e l'assicurazione che per prima cosa domattina sarebbe tornato a vederlo. Poi Gilera era caduto contro volontà in uno snatch di sonno che al risveglio gli era sembrato lunghissimo. Ed era convinto che fossero perlomeno le due di notte ma in realtà erano appena le undici e mezzo.

La sentinella esterna incrociava con passo strascicato, a tratti sbuffava per il caldo e forse parlava da solo. Gilera provò a decifrare quel che si dicesse, senza riuscirci. Poi allungò la mano verso la gavetta ma in quel momento sentí nuovi rumori. Erano passi che si avvicinavano per l'androne, passi lunghi e marcati. Adesso anche qualche voce. Gilera non afferrava le parole, ma le voci erano dure ed esaltate.

– Sta qui il partigiano piccolo? – domandò una prima voce.

– Qui, – rispose la sentinella. – Qui sotto la mia custodia.

– Scansati, – disse un'altra voce, piú bassa e piú autoritaria della prima.

Gilera aveva posato la gavetta e si era sollevato seduto quando la porta si spalancò.

L'ufficiale fece fronte a destra ed apparve di faccia, con un basco nero in testa.

CAPITOLO DICIOTTESIMO

– Portatelo fuori sul materasso, – ordinò agli uomini che lo avevano seguito dentro.

– Non mi toccate! – gridò Gilera. – Sono ferito. Ahi il mio piede! Aiuto!

Stava soffocando nel materasso ripiegato stretto come in un sandwich.

Erano già nell'androne, il piede maltrattato doleva tremendamente. – Che cosa mi fate? – urlò Gilera. – Sono ferito!

Un soldato aveva con uno scrollone aperto una delle tante porte vetrate e tutto il gruppo era già calato in cortile. La notte era nera.

– Non potete farmi questo! – urlò Gilera tentando invano di sgusciare dal materasso. – Dovete farmi il processo! Sono ferito! Ho solo quindici anni! Voglio il processo! Siete bastardi e vigliacchi.

Marciavano già nel centro del cortile, verso l'angolo piú buio. Gli uomini erano molti, piú di dieci. Mentre lo prelevavano Gilera aveva osservato che almeno tre erano ufficiali.

– Assassini! – urlò Gilera. – Non potete ammazzarmi cosí! Mamma, vedi quel che mi fanno!

Erano quasi arrivati, il muro di cinta baluginava nel buio e nell'aria stagnava una puzza insopportabile, doveva esserci nei pressi un grande immondezzaio.

– No! – urlò Gilera. – Non potete farmi questo! Voglio il processo! Sono un bambino!

Dal materasso lo scaricarono in terra, disponendosi a semicerchio davanti a lui.

Gilera carponi urlò: – No! Guai a voi se me lo fate!

Un uomo si era piazzato davanti a lui a gambe larghe ed era certamente armato, anche se Gilera per il buio non distingueva l'arma.

– Via con quel mitra! – urlò Gilera. – Guai a voi. Guai a voi, vigliacchi!

– Sta' su, – ordinò l'armato.

– No! – urlò Gilera. – Sono ferito. Non voglio!

– Sta' su un momento, sta' su sul piede sano.

– Mamma! – urlò Gilera. – Mamma vieni tu che questi mi ammazzano. Questi...!

– Da' qua, – disse il primo ufficiale all'armato e ricevette il mitra corto. – Glielo voglio fare io.

– Bastardi vigliacchi! – gridò ancora Gilera. – Crepate tutti!

L'ufficiale sparò, una raffica lunga, poi si avvicinò a Gilera che scalciava sull'orlo dell'immondezzaio e fece una raffica breve.

Indietreggiò, restituí il mitra al sergente e disse: – Uno per tutti e tutti per uno.

Dalle cento finestre interne dell'edificio larve di soldati si ritirarono silenziosamente verso le camerate.

Jack aveva vagamente sentito urlare e sparare, ma non aveva riconosciuto la voce di Gilera e gli spari non gli avevano prodotto una emozione particolare.

Giaceva riverso e quasi disarticolato sul pavimento impiastricciato del suo sangue. Sotto la luce violenta la sua faccia era del tutto sfigurata e rantolava ad ogni respiro. Delirava e a tratti parlava ad alta voce, convinto di parlare ai molti soldati che si trovavano in quella stanza. In realtà era perfettamente solo, il sergente era uscito da mezz'ora.

– Gesú Cristo Signore, – diceva Jack. – Sto morendo. Mi hanno ammazzato. Gesú Cristo Signore.

Sangue e muco gli colavano dal naso in bocca.

– Sono finito. Vent'anni un mese fa... che porca epoca... non potevo nascere peggio... mia madre! Soldati... avvisare... almeno questo, Gesú Cristo Signore. Vicolo dell'Arco. Ci chiamiamo Nada. Mio padre materassaio. È

CAPITOLO DICIOTTESIMO

buio, ma un buio che mi fa male agli occhi. Perché nessuno parla? Soldati... ce l'avete con me?... ancora? Ma che debito... Ahi la mia testa! Debbo avere mezzo il cervello per terra. Mia madre per tenermi su la testa... La gente, tutta la gente... Madre, gli uomini...

Ora giaceva perfettamente immobile, salvo per le mani che brancicavano nel suo stesso sporco.

Due sentinelle fecero capolino.

– Ma che si aspetta ancora? – disse il primo. – Questo sarebbe il momento. È sfracellato: farnetica. Siccome andrà fucilato è meglio farglielo adesso, subito.

L'altra sentinella era d'accordo. – Questo è proprio il suo momento. In quello stato non se ne accorgerà nemmeno. Mi sentirei di farglielo io, che sono tutt'altro che terribile. Sarà come sparare in un sacco.

Riaccostarono i battenti e fissarono il buio del cortile oltre le vetrate scassate.

– Il piccolo è sempre laggiú?

– Sí, ma so che hanno mandato per una cassa.

– Giusto. Non per niente, ma non posso vedere i battezzati nell'immondezza. Ammazzarli, perché questa guerra vuole cosí, ma non lasciarli nell'immondezza.

– D'accordo, – disse il primo, – sebbene a pensarci bene una bara è nient'altro che una pattumiera.

– Questo qui dentro, credi verranno a prenderlo mentre noi siamo ancora di guardia?

– È improbabile. Noi smontiamo già alle tre. Prima delle quattro non succederà. Al cimitero si va in un quarto d'ora. Tanto piú se useranno la camionetta.

Infatti Jack lo uscirono alle quattro. Jack dormiva di un sonno comatoso e non sentí nessuno dei suoni e rumori preliminari, né il ronfare della camionetta, né lo stridore della porta carraia né i passi risoluti dei quattro soldati.

Entrarono, lo scollarono dal pavimento dove era un

poco aderito per sangue e orina, in due lo presero sotto le ascelle e lo trasportarono, facendogli strisciare i piedi, nell'androne. Durante tutte quelle operazioni Jack non diede altro segno di vita che un lungo rantoloso sospiro.

Shock ritardato, diagnosticò Perez osservando Leo rannicchiato sulla scrivania. Attraverso la camicia di nailon cachi poteva vedere le onde di brivido che si spiralavano su per la spina dorsale. E quello, Perez ne era pratico, quello era anche il momento in cui ti ricordavi di avere un padre e una madre.

Leo era ancora rauco. – Sono andato per fare un'imboscata e l'ho subita. Ho perso cinque uomini praticamente in dieci minuti.

– Lo ripeti da quasi ventiquattr'ore, – disse Perez. – Ora non ci pensare piú.

– Perez, e come faccio?

– Non ci pensare piú, – insisté Athos, che era arrivato in moto dal comando divisione. – Tanto non cambia niente. Federico il Grande, se non mi confondo, ha detto che chi maneggia piatti finisce sempre col romperne qualcuno.

Leo disse piano: – Federico il Grande mi fa schifo.

Athos non polemizzò. – Sei stato estremamente sfortunato, ecco tutto. Un reparto si stacca dal grosso e resta indietro, probabilmente col solo obiettivo di rubare vino e salami, e tu gli sbatti dentro con la testa. Ma il colmo della tua sfortuna arriva dopo. E consiste nel fatto che quella maledetta retroguardia si era tenuta una radio da campo e ha potuto lanciare l'S.O.S. Senza radio i soccorsi non sarebbero arrivati e tu li avresti beccati tutti, trenta o quaranta che fossero. E oggi saresti il divo della seconda divisione, oggi distribuiresti autografi a destra e a sinistra.

– È cosí, – disse Perez, – convinciti che è cosí.

Ma Leo ripeté: – Cinque uomini in dieci minuti. Cinque? Maté da solo ne valeva cinquanta. Vedrai, Perez, che senza Maté il nostro presidio non sarà mai piú quello. Mi staranno sul petto fin che campo. Quando morirò penserò ancora a loro –. Aveva le lacrime agli occhi, ma rise di nervi. – Pensate all'accoglienza che mi faranno di là. «Ecco qui finalmente», diranno, «quell'idiota che ci ha fatti crepare cinquant'anni prima». E mi faranno una faccia cosí.

Nessuno dei due gli rispose. Perez stava appoggiato alla parete, immobile da un'ora. Athos invece non cessava di misurare a grandi passi la stanza del comando. Si fermò e disse: – Ora smettila, Leo, smettila sul serio. Tirati fuori da questo stato. Perez ha bisogno di te e noi abbiamo bisogno di Perez. Se lo volete sapere, la presa di Valla è cosa ultradecisa.

Era una grossa novità, ma Perez e Leo rimasero insensibili.

– E poi, perché cinque? – riprese Athos. – Tre ne hai perduti. Maté, Sceriffo e Smith. Gli altri due sono solamente prigionieri.

– A quest'ora li hanno fucilati, – disse Leo.

– Non risulta.

– Li fucileranno. Prestissimo.

– Anch'io vedo nero per Jack e Gilera, – disse Perez. – Specialmente per Jack. E in tutta la divisione non c'è uno straccio di prigioniero per tentar di cambiarli.

– Pan... – attaccò Athos.

Ma Perez continuò: – Alle volte si combina, alle volte ne accettano uno loro per due dei nostri.

– Pan, – riprese Athos, – ha telefonato a tutti i comandi

periferici. Se beccano qualcuno, non far fuori ma spedire immediatamente al comando a disposizione per Jack e Gilera.

Si era affacciato alla finestra e ricambiò il saluto di Diaz, il comandante del presidio di Meviglie, che passava diretto alla chiesa a vedere Maté. Partigiani dei dintorni erano arrivati e arrivavano a Mangano per vedere Maté esposto nella chiesa. C'era una guardia partigiana e le donne del paese si alternavano a gruppi a pregare. Maté era stato lavato e pettinato, sul petto crivellato aveva uno strato di fiori. L'aria nella navata era asfissiante. Durante il suo turno Oscar era svenuto, cascato come un palo. Lo sostituí Pinco, montava da tre ore e mostrava i denti a chi voleva rimpiazzarlo. E alle donne diceva: – Pregate, donne, pregate per mio padre.

A riprendere il corpo di Maté era andato personalmente Perez, col furgoncino e due uomini. Maté giaceva dove era caduto. La donna che aveva dato il foglio di quaderno per l'ultima lettera di Maté riferí a Perez che prima di partire un ufficiale le aveva detto che sarebbero tornati all'improvviso e se avessero visto il cadavere sparito o appena spostato le avrebbero fucilato marito e suocero e bruciato il tetto. Cosí Maté stava sempre là. Sulla faccia, contro le mosche, gli avevano messo un foglio di velina gravato da pietruzze e avevano contornato il corpo con una striscia di margherite. Il sangue di Maté era nero come la pece.

Per tornare a Mangano Perez col furgoncino aveva impiegato tre ore. Tutta la gente della campagna si era appostata sulla strada maestra e bloccava il furgoncino, anche se poi erano rari quelli che ci si issavano per vedere Maté avviluppato nel lenzuolo che Perez si era fatto dare dalla moglie del geometra di Mangano.

In una delle ultime soste al finestrino del furgoncino si era affacciato il mugnaio che macinava per la brigata.

– Cinque dei vostri contro due dei loro, ho sentito.

– Già, cinque a due.

– Non andiamo mica tanto bene con la contabilità.

– No, invece. È giusto.

– Sei impazzito, capitano?

– Per niente. È giusto, ti dico. Perché noi siamo per una cosa che vale di piú. La libertà.

– Ah, se ragioni in questo senso.

– Scostati ché riparto.

Athos si rivolse a Perez. – Sono avvisati i genitori di Maté?

– Sí, ma credo che non verranno. Troppo vecchi. Credo verrà il fratello, se riuscirà a passare i loro posti di blocco.

– Comunque sia, lo si fa oggi pomeriggio?

– Senz'altro, – disse Perez. – Fa troppo caldo.

Leo singhiozzò. – Ma io, vi giuro, non avevo la minima preoccupazione per Maté e Gilera. Tornando a casa ero convinto che già ci fossero da un paio d'ore. Sono rimasto fulminato.

– Dov'è Milton? – domandò Athos abruptly.

– Per piacere, – fece Perez, – non piantarmi adesso la grana di Milton.

– Non per piantar grane, Perez, solo per sapere se per caso è dietro a pescare.

– Credo di sí.

– Se avesse pescato, il suo pesce verrebbe buono per Jack e Gilera.

Leo scosse la testa. – Milton non molla i suoi ossi. Non chiedete questo a Milton.

Athos fu per scattare, ma Perez arrossendo disse: – Non adesso, Athos, non adesso.

CAPITOLO DICIANNOVESIMO

Remy sporse la testa col pizzo biondo. – Solo per dirti, Perez, che sta arrivando Charlie.

– Chi è Charlie? – domandò Athos a Perez.

– Il mio informatore di Marca. Un assicuratore, un mio vecchio amico.

– Ti fidi?

– Completamente. In borghese è piú partigiano di tanti che girano in divisa. Ha piú chilometri nelle gambe lui che il capostaffetta di Lampus. Vagli incontro, Remy.

Leo riprese a tremare. – Viene a dirci di Jack e Gilera.

– Aspetta, – consigliò Perez.

Charlie entrò in un minuto. Era talmente sfigurato dalla polvere e dal sudore che Athos poteva solo dire di lui che era di media statura e smilzo. Passando davanti al lavatoio vi aveva immerso il fazzoletto e ora se lo teneva sul cranio.

– Debbo aver preso una mezza insolazione, – disse entrando.

– Jack e Gilera, – disse Leo.

Charlie annuí. – Purtroppo. Sono salito proprio per dirvi questo. Gilera ieri notte verso le undici nel cortile del Collegio. Jack stamane all'alba al cimitero.

Leo si coprí la faccia con le mani, Perez guardò in terra e Athos domandò a Charlie: – Sicurissimo?

– Garantito.

– Testimonianze oculari?

– Non la mia di certo, – rispose Charlie. – Ma c'è in caserma un soldato che mi informa di tutto. Io gli ho promesso salva la vita quando voi calerete su Marca per farla finita. È un poveraccio, un buon ragazzo veneto rastrellato e vestito a forza. Non ha il coraggio di disertare, non fa altro che piangere e dire dei rosari.

– Vedi, Athos, che erano cinque? – disse Leo.

– Jack l'avevo preventivato, – disse Athos, – ma che

siano arrivati a fucilare un ragazzo di sedici anni e per di piú ferito...

– Perché? – disse Charlie. – Lei si farebbe ancora delle illusioni? Dopo dieci mesi di questo tipo di guerra lei si farebbe ancora delle illusioni? Ma dove vive lei?

Athos si morse un labbro. – Vivo in un comando di divisione partigiana, – rispose, – e la trovo ugualmente una enormità.

– Infatti lo è, – ammise Charlie. Il mio soldato veneto mi ha raccontato tutto. Gilera stava in una stanza sul cortile, sdraiato sul materasso su cui l'avevano caricato in collina. Stavano trattandolo abbastanza bene, gli avevano disinfettato e bendato il piede, gli avevano passato una gavetta di brodo. Quando, verso le undici, entra sparata una banda di ufficiali e sergenti e urlando strappano Gilera dal materasso, lo portano in cortile di volo e lo appiccicano al muro sotto il portico. Gilera stava appoggiato su un piede solo e naturalmente urlava come un ossesso. A sparare doveva essere un sergente. Certo Balestra. Ma all'ultimo momento un ufficiale gli ha strappato il mitra e l'ha fatto lui. Sottotenente Raiteri.

– Annotiamo, – disse Athos.

– Poi ancora caldo l'hanno trascinato sull'orlo dell'immondezzaio e lí l'hanno lasciato. A proposito, per la precisione. Gilera doveva chiamarsi Colombano Pietro e Jack doveva chiamarsi Ermenegildo Nada.

– Corrisponde, – disse Perez. – Sono proprio loro.

– Quanto a Jack, – riprese Charlie, – dopo averlo pestato tutta la notte, verso le quattro e mezzo l'hanno portato al cimitero. Gliel'hanno fatto contro il primo muro arrivando, accanto alla fontana dove si prende l'acqua per i vasi di fiori.

– Conosco il punto, – disse Perez.

– Il mio veneto ha parlato proprio con uno della squadra di esecuzione. Per le cinque e mezzo erano già rientrati in caserma e stavano prendendo il caffè.

– Il conto si allunga, – disse Perez staccandosi dal muro, – si allunga all'infinito. Quando li avremo presi e ammazzati tutti ci sentiremo ancora in passivo.

– Parlando di conti, – disse Charlie, – io ho i nomi degli ufficiali che hanno assassinato quel ragazzo.

– Bravo, Charlie, – disse Perez.

– Me li dia subito, – disse Athos.

– Glieli detto.

Athos estrasse dal farsetto taccuino e matita e Charlie prese a dettare con gli occhi chiusi.

– Capitano Meroni
  Tenente Parolise
  Tenente Baldinelli
  Tenente Palomba
  Sottotenente Longhi
  Sottotenente Pastorino
  Sottotenente Raiteri (l'esecutore)
  Sottotenente Guarnacci.

– Nessun altro? – domandò Athos.

– Il mio soldato di altri non sa, almeno per ora.

– Li ammazzeremo tutti, – disse Perez. – Nord dovrà lasciarli a noi di Mangano.

Leo batté i pugni. – La guerra è ancora troppo lunga. Prima che si arrivi alla fine quanti di questi criminali saranno ancora a Marca?

– Provvedo io, – disse Athos. – Stasera, tornando al comando, per prima cosa consegnerò questo elenco alla missione inglese. Lo trasmetteranno alla loro base e l'emittente centrale ripeterà questi nomi fin che basta a tutti i partigiani d'Italia. Cosí, dovunque li trasferiscano, i nostri compagni conosceranno questi criminali.

– Non è la stessa cosa, – disse Leo.

– Si fa come si può, – disse Athos. Poi si rivolse a Charlie: – Lei mi ha dato un elenco di tutti subalterni. Ma parliamo del comando. Evidentemente il comando era d'accordo sulla vigliaccata a Gilera o perlomeno ha chiuso tutt'e due gli occhi.

– È tutto un discorso, – disse Charlie. – Datemi prima una sigaretta.

Athos gli passò il suo pacchetto di Craven e il suo accendino economico.

Fumando Charlie riferí che la situazione del comando di Marca era sensibilmente cambiata, non rispondeva piú al quadro che lui ne aveva fatto a Perez poco piú di un mese fa.

Come noto, il comandante del reggimento di Marca era il colonnello Profeti. Un fascista, certo, ma non un delinquente integrale. I partigiani in Lombardia gli avevano ucciso il figlio allievo ufficiale e l'uomo invece di indurirsi per la vendetta si era rammollito. Cosí trovavano gli ufficiali suoi sottoposti, almeno una buona parte di essi. Dicevano che il dolore l'aveva scoglionato, che invece di pensare a vendicare suo figlio su larga scala si limitava a piangerlo. Questo naturalmente si rifletteva sul comando, insomma non era adatto a comandare un reggimento A.P. della forza di quello di Marca. Per il loro gusto osservava ancora troppo le regole e faceva ancora del sentimento.

– Salute, – disse Athos.

– Hanno fatto e fanno propaganda tra gli ufficiali e la truppa e finiranno col silurarlo. Stanno già premendo in questo senso presso il comando superiore di Torino e se non la spuntano a Torino manderanno una delegazione di ufficiali direttamente a Brescia dal generale Mischi. Il colonnello ha i giorni contati, o le settimane, e poi andrà a comandare un distretto. Quello, dicono, è il suo vero mestiere.

CAPITOLO DICIANNOVESIMO

– Facci sapere, – disse Perez, – quando arriva e chi è il sostituto.

– Il sostituto ce l'hanno già in casa, – disse Charlie. – Faranno promuovere colonnello il maggiore Venturi, che è il loro capo e il loro idolo.

– Venturi, – disse Perez. – È quello che ha fatto fuori il nostro presidio di Bonivello. Diciannove ce ne ha ammazzati quel giorno.

– Venturi, – disse Charlie, – è un combattente terribile, è l'assaltatore professionale. Se invece di arruolarsi dall'altra parte si fosse messo con voi a quest'ora comanderebbe almeno una vostra divisione. Farebbe le scarpe a Nord e forse anche a Lampus.

– Non le pare di esagerare? – disse Athos.

– Ha mai visto in faccia il maggiore Venturi? – domandò a sua volta Charlie e senza aspettare la risposta di Athos: – I partigiani che l'hanno visto in faccia purtroppo non glielo possono descrivere. Quindi, Venturi avrà il comando del reggimento, ma avrà un parigrado virtuale. Il maggiore Chiaradia. Se Venturi è la tigre, Chiaradia...

– La volpe, – anticipò Perez.

– La jena. Un rettile. Venturi fa le sortite, le azioni e i rastrellamenti, Chiaradia si occupa degli interrogatori, delle torture e degli assassinamenti. Chiaradia è il piú sporco e assoluto delinquente che abbia mai infangato la terra. Alle donne degli arrestati che vanno a supplicarlo, prima porta via la borsa e gli ori e poi le salta. E siccome è sifilitico fino agli occhi le appesta tutte mentre le fa vedove. Anche dalle bambine di quei disgraziati si fa fare qualcosetta. Anche dalle bambine, sí.

Aveva il viso inondato di sudore, ci passò su un fazzoletto nuovo che ne restò fradicio.

– Ragazzi, – disse poi, – chiunque di voi resterà vivo alla fine sa come fare. A Venturi mettete in pancia cento, cinquecento, mille colpi di sten. Ma Chiaradia fatelo morire a piccolo fuoco. Deve metterci un mese a morire, come minimo.

– Stai tranquillo, – disse Perez.

– Sí, sí, – disse Charlie, – io sto tranquillo. Ma, senza offesa, vi direi una cosa. Quasi quasi preferirei che quel giorno Chiaradia cascasse in mano ai rossi. A certi rossi che so io. Quelli sono gli uomini giusti per Chiaradia.

– Sta' tranquillo, ti ho detto, Charlie, – ripeté Perez.

– Sí, sí, ma voi siete bravi ragazzi.

– I bravi ragazzi ti faranno vedere, Charlie.

Perez guardò l'orologio a polso e disse che mancava un'ora al funerale di Maté. – Io intanto esco, – disse, – vado a dire ai ragazzi la fine di Jack e di Gilera.

Athos non approvava. – Aspetta a dirglielo domani. Oggi è già talmente un brutto giorno.

– No, no, – disse Perez. – Io glielo dico subito. Hanno diritto a sapere quanto noi. Qui non siamo piú nell'esercito, Athos, qui siamo tutti uguali. Sono notizie che invecchiano, ma hanno bisogno di invecchiare un po'.

Charlie uscí con lui. Si incamminarono per il paese semideserto verso il sagrato dove stazionava la massa dei partigiani locali e di passaggio.

– Scommetto che devi ancora mangiare, – disse Perez. – Ora ti accompagno alla mensa.

– Io non voglio altro che bere.

– Ti porterò dove potrai bere fresco. Vuoi passare a vedere Maté?

Charlie fece una smorfia. – È ancora scoperto?

– Sí.

– Allora no, – disse Charlie. – Me ne vergogno, ma non sopporto queste viste. Se le sopportassi, sarei quassú con voi, non mi limiterei a fare l'informatore.

– Charlie, – disse Perez dopo un po', – che altro posso fare per te prima che riparti?

– Fammi dare una scatola delle vostre sigarette inglesi. Piacciono tanto a mia moglie.

– Mi ero dimenticato che sei sposato.

– Guai a me se non lo fossi, Perez. Se non avessi mia moglie. E la mia idea.

Perez beamed. – Dev'essere bello avere una moglie.

– Bellissimo, – rispose Charlie. – Dammi retta, Perez. Prenditela subito dopo.

– Ti darò retta, se arrivo al dopo.

– Te la caverai, Perez. Se non se la cava la gente pulita come te, vuol dire che non ci sarà vittoria. Non ci sarà piú niente.

Attaccarono la rampa prima del sagrato. – Ho trent'anni, – disse Perez d'un tratto.

– Significa che a trentuno sarai ammogliato.

– Non pensavo piú alla moglie, Charlie. Significa che se non me la cavo sarò comunque vissuto vergognosamente a lungo. Pensavo a Gilera.

Entrarono nel sagrato dove stavano mescolati con la gente forse duecento partigiani. Perez salí i tre gradini della porta del medico e chiese silenzio ed attenzione.

Fino al comando sentirono l'urlo che si alzò dal sagrato.

– Athos? – disse Leo. – Al comando divisione non vi cresce un ufficiale?

– Secondo me ne crescono quattro o cinque. Perché?

– Fate una bella cosa. Scegliete il meno peggio e affiancatelo qui a Perez.

– Al posto tuo?

– È chiaro.

– Tu te ne vai?

– No. Mai. Rientro solo nei ranghi.

– Non l'hai ancora piantata?

Leo si indurí. – Vuol dire che ne parlerò con Nord. Domattina stessa mi metto a rapporto.

– Già, – fece Athos, – perché Nord ha tempo e voglia di occuparsi dei tuoi complessi. Ma la vuoi capire che fra quattro giorni caliamo su Valla e la pigliamo alla faccia di Mussolini?

– Se è scritto che dobbiamo pigliare una città, – disse Leo, – perché non ci scaraventiamo su Marca? Perché non tentare di prendere la città dove stanno i delinquenti che hanno ammazzato Maté, Gilera e Jack?

– Semplice, – rispose Athos. – Perché Valla la possiamo pigliare. Marca no, per il momento.

Entrò Milton. Portava sulla spalla il cinturone della Colt, era impolverato anche piú di Charlie ma senza una goccia di sudore.

– Hai visto che cosa ho combinato? – disse Leo.

– Ho sentito tutto, – disse Milton, – Stavo due colline sotto. Ho capito che eravate voi.

– E non ti prende una specie di rimorso? – disse Athos.

– No. A che sarei servito? Io non valgo niente in squadra. Sarà perché non ho mai fatto il soldato. E ho una paura folle dei mortai.

– I mortai spararono per ultimi, – disse Leo.

Athos domandò a Milton se ne aveva ancora per molto laggiú.

– Domani, – rispose Milton. – Perché? Ci sono altre complicazioni con gli inglesi?

– Tutto liscio. Ma è per averti sottomano. Fra quattro giorni ci sarà piú che mai bisogno di collegamento.

– Da domani sera mi avrete sottomano.

– Ti trovo parecchio smagrito, – disse ancora Athos.

– È il caldo. Perez dov'è?

CAPITOLO DICIANNOVESIMO

– In chiesa o nei pressi, – rispose Leo, – che dispone per la sepoltura di Maté. Non vuoi vedere Maté?
– Sono venuto apposta.
– Sbrigati allora, – disse Athos, – prima che lo chiudano.

Milton uscí affibbiandosi alla vita il cinturone. Salí alla chiesa ma non entrò sul sagrato che ora era pieno di partigiani i quali lo avrebbero certamente trattenuto per discorrergli insieme. A metà dell'ultima rampa tagliò a mezzo un prato, aggirò la chiesa e entrò nella navata attraverso la sacrestia.

Attorno alla cassa stavano solo piú Pinco e il lattoniere del paese il quale stava adattando il coperchio di zinco. Il lattoniere guardò su e domandò a Milton se voleva dargli un ultimo sguardo.

– Certo, – disse Pinco, – certo che Milton vuol vedere Maté.

Il lattoniere fece ruotare l'estremità della cassa e Milton senza chinarsi sorrise dentro il buco oscuro.

– Sei impazzito? – bisbigliò Pinco. – Bisogna essere un bel disgraziato per sorridere in faccia a un morto.
– E perché? Solo perché morto lo debbo salutare con una smorfia?

Pinco disse solo piú: – Manca poco alla sepoltura e dei suoi non si è visto nessuno.

Milton aveva fatto segno al lattoniere che procedesse.
– È cosí, – disse. – I figli non rivedono i padri, i padri non rivedono i figli. È cosí.

Ritornò in punta di piedi in sacrestia e per la strada di prima riuscí a mezzacosta del poggio della chiesa. Si calò nella strada e prese a scendere.

A metà collina guardò su a Mangano e lo vide tutto inanimato. La funzione funebre in chiesa doveva essere in pieno svolgimento. Ridiscese. Ai piedi della grande collina riguardò su e vide nella fascia dei vapori di caldo la processione che uscita di paese camminava lenta sulla cresta verso il cimitero.

20

Milton arrivò a Travio verso le otto e mezzo. Aveva camminato piano e osservando minutamente il paesaggio. Infatti per un lungo tratto aveva descritto allo spirito di Maté come appariva il mondo il giorno in cui egli era stato seppellito. Quando il sole calò dietro le montagne smise di parlare a Maté e accelerò il passo.

Quando arrivò a Travio i venti uomini del presidio avevano già cenato e buona parte stava affacciata al parapetto che dominava la valletta verso Marca. Solo un ciglione escludeva la vista della città.

Al primo che incontrò, un ragazzo di aspetto cittadino, Milton chiese del suo comandante Nick.

– È alla mensa, – rispose, – che si gusta la schifosa cena da lui stesso voluta ed ordinata.

– Mangiate tanto male?

– Da cani. Con tanti presidi dove si mangia come al Grand Hotel dovevo proprio capitare sotto uno come Nick. Non ho ancora capito bene se è un frate o un pidocchio o un incettatore.

– In compenso, – intervenne un altro che aveva sentito il discorso, – in compenso mangiamo tanta guardia. Se la guardia fosse ciccia saremmo i piú grassi della divisione.

– Con tanti presidi dove si dorme tra due guanciali, – disse il primo.

Imbruniva.

Milton attraversò lo spiazzo ed entrò nel locale della

mensa. Nick, con lo sten imbracciato, cenava da solo al lume di una lampada a carburo.

– Come mai? – disse alzando bruscamente il capo.

– A Mangano era troppo triste, – rispose Milton sedendo sulla panca di fronte.

– Già. Bel funerale?

– Il piú bello possibile. Io sono senza cena, Nick.

Nick batté le mani e poi gridò verso la cucina. Intanto disse a Milton di cominciare con lo spillarsi un bicchiere di vino dalla damigiana nell'angolo.

– Non bevo vino.

– Qui l'acqua è troppo terrosa, – disse Nik come scusandosi.

– Non importa. Ti dirò che io non mi sento piú il corpo.

– Perché stai bene. Anch'io. Non siamo mai stati cosí perfettamente bene. C'è un solo inconveniente. Puoi dover crepare proprio mentre stai meravigliosamente bene.

Il cuciniere portò la minestra a Milton.

– Ho saputo, – disse Nick, – che anche gli altri due sono partiti. Del ragazzino mi ricordo. Ma dell'altro... come si faceva chiamare quell'altro?

– Jack.

– Di Jack non mi ricordo.

Milton glielo descrisse e aggiunse: – Vi sarete incrociati cento volte.

Nick scosse la testa. – Non mi torna in mente. Forse mi tornerà piú avanti, quando meno ci penso. Il fatto è che dovremmo guardarci meglio in faccia.

Milton disse: – Si rischia di fissarsi su certi che magari camperanno fino a cent'anni.

Nick grinned. – A te posso cominciare fin d'ora a prenderti la foto. Tu ti muovi troppo, Milton.

CAPITOLO VENTESIMO

Milton grinned. – Se non è che per questo, muore di piú il tipo sedentario.

– Il sedentario è per me, – disse Nick. – Ma, vedi, io sono tagliato solo per la difensiva. Se vengo attaccato io so con precisione che cosa debbo fare e piú o meno bene eseguisco. Ma se debbo attaccare io sono perduto. Non ho iniziativa, non ho inventiva, mordente, chiamalo come vuoi. Ad attaccare non so nemmeno da che parte si comincia. A ripensarci lo stesso mi succedeva giocando a football in collegio. Da terzino me la cavavo benissimo, ma se per caso mi passavano all'attacco mi sperdevo, inebetivo.

Il cuciniere portò una fetta di carne a Milton e a Nick una mela dura come una pietra.

– Che ore sono? – domandò Nick.

– Le nove meno dieci. Perché?

– Ho perso la prima trasmissione di Radio Londra e non voglio perdere la seconda.

– Dove hai la radio? Accendila.

Nick si era levato da tavola. – Non abbiamo radio. Non crederai che abbia requisito una radio? Vado a sentirla in una famiglia. Vieni anche tu?

– Io ti debbo parlare, Nick.

– Dimmi in fretta.

– È un discorso lungo.

– Ascoltiamo insieme la radio e poi ci parliamo anche fino a mezzanotte.

– Vacci solo. Io ti aspetto sullo spiazzo.

– Fra venti minuti, – disse Nick dalla soglia.

– È importante.

– Non ne dubito. Che ci saresti venuto a fare nell'avamposto maledetto?

Nick era uscito ridendo.

Milton finí la carne, rifiutò la mela, accese una sigaretta e uscí sullo spiazzo.

Tirava un filo di vento che bastava a smuovere il fogliame degli olmi con un suono triste. A Marca doveva fare caldissimo. Il cielo sulla città era nero e basso, decisamente sinistro. Al parapetto stavano una decina di partigiani, con qualche borghese mescolato, e tutti erano piuttosto tesi e fissi verso la città. Eppure l'oscurità era quieta dappertutto e le strade fantomatiche prive di qualunque rumore.

Milton si accostò all'ultimo a destra.

– Che c'è che siete tutti tanto fissi a Marca?

– Aspettiamo che i rossi comincino il concerto, – rispose l'uomo il cui nome era Tigre.

– Quale concerto?

– Si vede che arrivi dall'interno. Tutte le notti, dalla metà di maggio, la Stella Rossa scende le sue colline e viene a Marca a sparacchiare a piú non posso. Io non so dove trovino tante munizioni e sí che a loro gli inglesi non lanciano.

Milton entrò in agitazione. Il pensiero che Goti potesse restare ucciso nella cieca sparatoria di stasera gli offuscava addirittura la vista.

– Parlami di queste sparatorie. Ottengono risultati? Cioè ne ammazzano?

– Di fascisti? Nemmeno mezzo. Si piazzano sempre a non meno di trecento metri e non prendono di mira altro che i bunkers della periferia. E qual è quella pallottola che da trecento metri infila la feritoia di un bunker? I soldati nelle caserme o in giro per il centro non fanno una ruga.

– Ma allora?

– I rossi, dicono, lo fanno per tenerli sotto pressione, per causargli l'esaurimento nervoso.

CAPITOLO VENTESIMO

Si era avvicinato un secondo ragazzo che poi risultò chiamarsi Livio.

– Quando cominciano? – domandò Milton.

– Non si può prevedere, – rispose Tigre. – Ogni notte attaccano a un'ora diversa. Anche questo è per farli cabalizzare e innervosire maggiormente.

– Tigre, – disse Livio, – perché Nick non porta anche noi una di queste belle notti a far concorrenza ai rossi?

Tigre alzò le spalle.

– Perché non prendere la cosa in considerazione? – insistette Livio. – Tanto piú che io saprei indicarvi un bel posto per questa azione. Vicinissimo alla città. Mica fare come i rossi che sparacchiano a vanvera da mezzo chilometro. Dal mio posto puoi tirare direttamente nelle finestre del Seminario Minore. Da lí ci puoi fare il morto.

– E dove sarebbe questo posto? – domandò Tigre senza vero interesse.

– Te lo spiego subito. Conosci Marca abbastanza?

– Un pochino. Ci sono nato.

– Allora! Quella segheria che c'è oltre la circonvallazione. Su quella stradina che si stacca dal viale, costeggia la centrale elettrica e si perde poi sull'argine.

Milton strinse i denti. Livio diceva esattamente la strada che Goti avrebbe fatto domani per recarsi all'appuntamento.

– E per arrivarci? – domandò Tigre.

– Si attraversa il fiume. Lo sai meglio di me, c'è un lungo tratto tutto guadabile.

– E la ritirata?

– Dalla medesima parte. Bella e sicura. Quattro salti all'indietro e risiamo al fiume. E una volta al di là del fiume ce la ridiamo.

– Che ci sia da ridere a buttar via munizioni, – osservò Tigre.

– Ma ne abbiamo tante, specie di bren. E poi non è per niente buttar via. Tu parli come se fossi il figlio di Nick.

Tigre scosse la testa. – Nick non ci porterà mai. Il bordello per il bordello...

– Non è per il bordello, – scattò Livio. – Io ti dico che da quel mio posto si battono magnificamente le finestre del Seminario. Il bren potrebbe fare un lavoro splendido. Le finestre del Minore, Tigre. Se ben ricordi, c'è una partita di finestre che danno sulle scale. E sulle scale c'è sempre movimento, anche nelle ore di notte. Qualcuno sale e scende sempre, per dare cambi, per andare a pisciare, o qualcuno che sta tutto solo alla finestra per pensare al paese o alla sua bagascia. Altro che causargli l'esaurimento nervoso, lí ci puoi fare i morti.

– Ma che fuoco hai nei calzoni, Livio? – domandò Tigre con calma.

– Ho, – disse Livio, – ho che sono con questo Nick da tre mesi. Ho fatto della gran guardia e non ho nemmeno sparato ancora un colpo. Dio fascista, in questo modo il partigiano diventa il mestiere piú noioso del mondo. Lo raccontassi a quelli che per fifa son rimasti in città non crederebbero alle loro orecchie.

– Spareremo a Valla, – disse Tigre, – vedrai come si sparerà a Valla. E non tanto nel prenderla quanto nel perderla. Nota quel che ti dico.

– Un momento, – disse Livio. – Perché dici di perderla? Se la pigliamo la teniamo fino alla fine della guerra.

– Ah sí? Illuso.

– Ma allora, – disse Livio, – se già sappiamo di riperderla perché andiamo a pigliarla? Ma dov'è la cognizione, la logica?

– Io che ne so? – fece Tigre. – Mi si dice di andare ed io vado. Non ti credere, i capi partigiani sembrano sembra-

CAPITOLO VENTESIMO

no ma sono infinitamente piú duri e tremendi degli ufficiali del vecchio esercito.

Livio stava a testa china. – Tu mi hai messo una maledetta pulce nell'orecchio, Tigre. Io ho una mia sorella sposata a Valla. Chissà che facezie andranno a fare i fascisti a Valla il giorno che la riprendono.

Tigre non rispose niente e Livio si scostò in preda a grande preoccupazione.

Milton si accese una sigaretta.

– Dimmi una cosa, Tigre. Il tunnel di Moresco è minato?

– No, che io sappia no. Perché me lo chiedi?

– Ci voglio passare domani.

Tigre stared. – Ma hai idea di dove sbuca il tunnel?

– Proprio in faccia a Marca, – rispose Milton calmo.

– A duecento metri in linea retta dal loro bunker della porta nord, – aggiunse Tigre.

– Esatto.

– Basta cosí, – disse Tigre, – basta che tu ne abbia l'idea precisa.

– Allora sei certo che non è minato. O mi conviene ridomandarlo a Nick?

– No, ti garantisco io che non è minato. A meno che qualche incosciente non l'abbia minato di sua iniziativa senza avvisare nessuno. Ne capitano di tutti i colori ma questa non dovrebbe capitare. Ma tu, perché passi il tunnel?

Milton fissò la punta rossa della sua sigaretta. – Debbo dare un'occhiata a Marca per conto di Nord.

– Ahi ahi, – fece Tigre. – Al chiaro te l'avevo vista la faccia da alto comando. Di', capo, mica c'è in vista per Marca qualcosa come per Valla?

– No, no, – disse in fretta Milton. – Puoi stare tranquillo.

Poi Milton sentí Nick uscire ringraziando da una casa e gli mosse incontro.
– Novità?
– Pattuglie. Dunque, Milton, che servizio ti debbo fare?
– Parliamone dentro, – disse Milton.
– Accidenti, – bisbigliò Nick.

Sulla panca a lato della porta della mensa sedevano tre partigiani e due stavano infastidendone un terzo perché suonasse la fisarmonica.

Dentro l'acetilene era quasi esaurita e spandeva solo piú un alone verdino. Tastarono per le panche e si sedettero di fronte.

– Dammi una sigaretta, Milton, e dimmi quel che debbo fare per te.
– Ti vanno le Craven? Mi devi prelevare una donna, Nick.

Nick si tolse la sigaretta di tra i denti. – L'ordine viene da Nord?
– No, è un favore che ti chiedo io.
– Ordine di Nord o favore tuo, – disse Nick, – non cambia niente. Io queste cose non le faccio. Tu questo dovevi saperlo e potevi risparmiarti il cammino e la cattiva cena.

Milton sorrise. – Lasciami precisare che donna è.
– Sia chi che sia, – disse Nick. – Fosse magari la prima ausiliaria del comando di Marca. Io di donne non tratto. Non faccio la guerra alle donne. Anzi, ti dirò meglio. Finché dovrò fare questo mestiere io con le donne non ci faccio né guerra né pace. Ne sto lontano e le tengo lontane. E se tutti facessero come me...

Milton batté le dita sul tavolo. – Si tratta della maestrina di San Quirico.

CAPITOLO VENTESIMO

– Ah, – fece Nick, – nientemeno che una maestra. E che avrebbe fatto per prelevarla? È una bella creatura.

– Come la conosci?

– L'ho vista una sola volta e di sfuggita. Scendevamo al fiume per San Quirico e lei stava a una finestra. Fu un mio uomo a dirmi che era la maestra.

Arrivarono da fuori i primi accordi della fisarmonica.

– Se si tratta della maestra, – riprese Nick, – meno che meno, Milton.

– È l'amante di un ufficiale fascista, – disse Milton. – Di un tenente di Marca.

Nick si contorse sulla panca ma poi disse semplicemente: – Peccato.

– Peccato!? Non dici niente di piú?

– No. Mi spiace, anzi mi brucia che col suo bel corpo lo diverta o lo sfoghi tra un rastrellamento e l'altro, ma dico solo peccato.

Fuori la fisarmonica attaccò un motivo allegro.

Nick si dimenò sulla panca. – Dimmi una cosa, Milton. Quei due si incontrano anche a San Quirico?

– Sí, quasi sotto i tuoi occhi.

– Peccato, – ripeté Nick.

– È piú esatto dire si incontravano, – disse Milton. – Domani alle tre l'ufficiale sarà morto.

– Ehilà! – fece Nick.

– Chiedimi come succederà, – disse Milton.

– Dimmelo tu in fretta.

– La maestra gli ha dato appuntamento per domani alle due e mezzo.

– Allora è facile.

– Non tanto, – disse Milton. – Gliel'avesse dato intorno a San Quirico, ma gliel'ha dato sull'argine di Marca.

Nick emise un leggero sibilo.

– Si può fare lo stesso, – disse Milton, – ma bisogna che tu prelevi la maestra.

– Non vedo perché.

– Ma perché non vada all'appuntamento.

La fisarmonica stava suonando «Sul Ponte di Berati» che era la canzone ufficiale della divisione di Nord.

Nick scavalcò la panca e corse alla porta.

– Basta! – gridò e la fisarmonica tacque. E Nick: – Non fatemi arrabbiare. Quante volte debbo ripetere che non la voglio piú sentire? È bella ma è jellata. Porta maledettamente male. E io l'ho proibita sí o no? Suonate dell'altro.

Tornò a sedersi e disse: – Non ridere, Milton, tu forse non ci hai fatto caso come ce l'ho fatto [io]. Porta maledettamente male. Tutte le volte che l'ho sentita cantare o suonare l'indomani abbiamo perso qualche uomo. Basta farci caso. E Nord dovrebbe proibirla a tutta la divisione.

La fisarmonica ora suonava «Ho un sassolino nella scarpa».

Milton disse: – Ora ti spiego perché la maestrina gli ha fissato questo appuntamento.

– Sí, – disse Nick prendendo un'altra sigaretta.

– Per dirgli che tra loro tutto è finito.

– Benissimo.

– Si è innamorata di un altro. Non uno dei nostri. Uno sfollato, un nascosto, un neutrale.

– Peccato, – disse Nick.

– Si chiama Giorgio Clerici e vive imboscato a Mangano.

– Tu lo conosci?

– Di vista, – disse Milton. – Questo Giorgio Clerici fa sul serio con la maestra ed è disposto a sorvolare sulla relazione col fascista ma esige che lei tronchi subito. E la ragazza ha dato appuntamento al fascista per dirgli le cose come stanno e addio.

CAPITOLO VENTESIMO

– Quello potrebbe non starci e farle qualche figura, – disse Nick.

– Lei se ne fida, – disse Milton. – È un buon ragazzo, dice. Con lei è un buon ragazzo.

– Va' avanti.

– È finito. Se tu la prelevi, l'appuntamento resta tra il fascista e Giorgio Clerici.

– Il quale Giorgio Clerici... E bravo, Milton. E bravo, Giorgio Clerici.

La fisarmonica era passata a «Belle bimbe brune».

– Quanto ti ci è voluto?

– Un mese. Allora, Nick?

– Che cosa?

– Sarebbe estremamente complicato tallonarla fino all'argine e poi ammazzarglielo sotto gli occhi.

– Sí, ma io con che motivo la preleverei?

Il carburo diede un ultimo guizzo e li lasciò nel buio piú completo.

– Ci ho pensato, – rispose Milton. – Giorgio Clerici è sceso e scende spesso a San Quirico ed ogni volta passa per il tuo territorio. Un bel giorno – domani, bada bene – tu ti stufi e decidi di veder chiaro in questo strano tipo di neutrale che passeggia un po' troppo e sempre nella medesima direzione. Domani lo fai fermare, portare al tuo comando e lo interroghi personalmente. Clerici ti risponde come meglio sa, ma è piuttosto incerto e tremante. Tu gli fai capire che non ti ha affatto convinto e che anzi la sua posizione si è aggravata. Sarà Clerici stesso a darti come referenza la maestra di San Quirico e a pregarti di convocarla d'urgenza al tuo comando.

– D'accordo, – disse Nick, – ma quando mi starà davanti io come la intratterrò, che cosa le racconterò?

– Ci ho pensato, – rispose Milton. – Le fai le tue scuse e le dici che aspettando lei hai conversato un altro po' con

Clerici e ti sei convinto della sua innocuità. Cosí l'hai rilasciato immediatamente, certo che Clerici avrebbe atteso lei. Invece Clerici che non ha gradito l'esperienza è tornato difilato a Mangano. Fallo pure apparire fifone, non aver paura di caricare la mano sulla fifa di Clerici. Lei sa che è molto... emotivo.

Ci fu una pausa. Anche la fisarmonica fuori taceva.
– Allora, Nick?
– È diverso, – disse Nick. – Credevo fosse per fare del male alla ragazza e allora avrei risposto di no a Nord in persona. Di male gliene facciamo lo stesso, male dell'altra specie...
– Allora, Nick?
– Lo farò.
– Domani verso mezzogiorno.
– Lui potrebbe essere uno di quelli che hanno fucilato Maté.
– E se non lo fosse è perfettamente lo stesso, – disse Milton.
– Manderò a San Quirico due ragazzi che ci arrivino verso mezzogiorno.
– Due bravi ragazzi, Nick. Due che non le mettano le mani addosso nel primo macchione.
– Sta' tranquillo, – disse Nick. – Sergio e Stefano. Sono i due migliori e puoi scommettere che saranno i primi che mi moriranno.

Dalla parte di Marca scoppiarono fucilate e si sentí lo scalpiccio degli uomini che correvano al parapetto.
– Ci risiamo col bordello dei rossi, – disse Nick alzandosi.

Ora si sentivano anche raffiche di mitragliatrice, molto corte, erano i fascisti che rispondevano, tanto per rispondere, dai bunkers presi di mira.

CAPITOLO VENTESIMO

– Usciamo a vedere, – disse Nick, – ma ti prevengo che è noioso.

Fucilate e raffiche si erano intensificate e si sentiva anche il tonfo sordo di bombe a mano.

– Ma che tirano bombe a mano a fare da quella distanza? – domandò Milton.

– Qualcuno che ha perso la testa, – disse Nick. – Qualche fascista che ha visto le ombre rosse.

Ascoltarono un altro po'.

Poi: – Domani verso mezzogiorno, – ripeté Milton. – I tuoi due la troveranno mentre si prepara per Marca.

– Ed è certo che verrà?

– Di volo. Lascerebbe sua madre moribonda per correre a levare dai guai Giorgio Clerici.

– E l'appuntamento?

– Lo dimenticherà istantaneamente. Quando se ne ricorderà sarà tardi. Arriverà quassú verso l'una e tra una cosa e l'altra con te farà le due.

Ascoltarono ancora la sparatoria intorno a Marca.

– È noioso, – disse Milton.

– È idiota, – disse Nick. – Piú che ai fascisti fanno venire il sangue al naso alla popolazione. Finiranno con l'alienarci la popolazione di Marca.

– Nick, – disse Milton, – io stanotte dormo a Travio. Voi dove dormite?

– Mezzi in una stalla e mezzi in un'altra. Perché non abbiano a beccarci tutti con una mano sola. Siamo troppo vicini a Marca.

– Lo sento, – disse Milton. – Ma io vorrei dormir solo. Indicami un posto anche brutto ma dove possa dormirci solo.

Nick rifletté un attimo, poi disse che ce lo accompagnava lui.

– Anche subito, se non ti spiace. È lontano?

– Non troppo lontano e perfettamente isolato.

Uscirono dal paese e presero per una strada di cresta alle spalle di Travio. Il fiume scorreva subito sotto il grande versante ma era assolutamente silenzioso. I grilli cantavano del loro meglio. La sparatoria intorno a Marca si affievoliva.

Disse Nick: – È una villa, o meglio lo era. Hai fiammiferi? Perché manca la luce. La porta è sbarrata, l'ho fatta sbarrare io, dovrai entrare per una finestra. Ci sono tre o quattro letti, ma tutti senza materasso. Se la rete metallica ti dà troppa noia strappa un paio di tende e stenditele sotto.

Camminarono per un po' in silenzio, poi Nick aggiunse: – Dormi tranquillo. Il pericolo può venire unicamente da Marca e davanti a Marca ci siamo noi. Ti garantisco che da me la guardia si fa come in un esercito vero.

Sulla cresta Milton non scorgeva ancora il fantasma della casa.

– A che pensi, Nick? Debbo chiarirti qualche altra cosa?

– No. Pensavo a quella ragazza.

– Edda?

– Cosí si chiama? Pensavo proprio a lei.

– Fa' pure.

– Anche perché è una mia collega. Ti ho mai detto che ero maestro di scuola? Non so davvero come la guarderò domani. Tu a lei non pensi?

– Poco.

– Ci soffrirà.

– Cosí entra nella normalità.

– Che vuoi dire? È anormale?

– No. Ma non è normale uscire senza dolori da una tragedia come questa. Lei finora non ha provato altro che moltissima noia e un po' d'ansia.

CAPITOLO VENTESIMO

– La rivedrai?
– Non credo. Se non ci si mette il caso. Ma non credo. Dopo di questo io andrò a Valla e dopo Valla... quello che avremo dopo Valla.
– Dopo Valla avremo batoste, – disse Nick. – Questa di Valla è la piú grande bestialità che potevamo concepire. La piglieremo ai fascisti piú polli e dovremo poi difenderla contro i fascisti piú leoni. Ci daranno una legnata...
– Vedi dunque se posso preoccuparmi della maestra.
Nick tese una mano e indicò il fantasma della casa cento metri avanti.
– Lasciami pure qui, Nick.
– Ti accompagno per un altro pezzetto. Domattina non passi piú per Travio, vero?
– No, punterò direttamente al tunnel di Moresco. A proposito, è minato?
– No, sicuramente no. E dopo il fatto ripasserai da noi?
– Sí, se tutto va per il suo verso. Cioè se faccio in tempo a risalire e rinfilarmi nella galleria.
– Se infili il tunnel sei a cavallo, – disse Nick.
– Se invece quelli del bunker sono molto pronti e mi tagliano la ferrovia allora guado il fiume e rientrerò per il traghetto di Moresco o di Bastignole. A seconda...
Non poté finire perché inciampò e cascò a tuffo, cosí di colpo che Nick non poté nemmeno abbozzare il gesto di trattenerlo.
– Una radice, – disse Milton rialzandosi e battendo la mano sulla fondina della pistola.
– Ti sei fatto male?
– Niente. Comunque, anche se mi obbligheranno a rientrare per uno dei traghetti ti farò sapere com'è andata.
– Porti solo quella? – domandò Nick alludendo alla Colt.

– Anche una sipe. Ma non credo di doverla usare. L'avrò a dieci metri.

Nick si era fermato. – Mi succede una cosa strana, Milton. Sento nostalgia della pace, cioè di una cosa che in pratica non ho mai conosciuto. C'è mai stata una pace?

– Mai stata, – disse Milton. – Credo proprio che una vera pace non ci sia mai stata. Il mondo è sempre stato ammalato ma dopo questa guerra avrà una vera salute, una vera pace, e durerà fino alla fine dei secoli. Perché tutti i veleni e tutte le infezioni quelli se le porteranno via con loro.

Nick dondolò la testa nel buio. – Intanto, che cose ci tocca fare.

– Non farle sarebbe immorale.

– Fa' un po' tu. Buona notte, Milton. Sei stato bene a Travio?

– Benissimo. Ci ripasserò domani sera. Se non ripasso ci rivediamo intorno a Valla. Buona notte, Nick.

– Buona notte, Milton.

Milton uscí rannicchiato dal tunnel. A un certo punto della marcia nel buio era incespicato in chissà che ed era andato a sbattere di fianco contro la parete della galleria. Alla luce si vide la manica destra tutta sporca di fuliggine grassa.

Era sbucato nel punto dove la Muti aveva fucilato il fratello di Filippo ma Milton non stette e ripensarci. Deviò dalla ghiaia e si accucciò dietro un cespuglio.

Il quadrante del campanile della cattedrale segnava le 13,40.

Il tratto visibile del viale di circonvallazione era perfettamente deserto. Ogni volta che poi ci riguardò mai ci vide ronde o reparti in marcia.

Verso la curva della circonvallazione, a destra, sorgevano i resti degli antichi bastioni. Qualcuno, forse Charlie, aveva riferito al comando che vi stavano postate in continuazione piú mitragliatrici col compito di sorvegliare e battere eventualmente i campi aperti prima del fiume. Milton rasò con lo sguardo gli spalti ma non ci vide né armi preparate né serventi.

Allungò lo sguardo sul fiume fino al ponte bombardato ed al traghetto immediatamente a valle del ponte. Il traghetto lavorava, gli scafi verniciati di rosso attraversavano con estrema lentezza. C'era solo traffico dei borghesi, ma all'approdo stava indubbiamente una pattuglia di militi. Quelli erano comunque tagliati fuori. Dopo le revolverate di Milton, per pronti e veloci che fossero, sarebbero arrivati al massimo a metà strada dal corpo di Goti quando lui Milton già si sarebbe infilato nel tunnel.

Passò dietro un altro cespuglio, piú a sinistra, per avere libera visuale sul posto di blocco alla porta nord. Distava un trecento metri in linea retta. Il vialone che saliva in collina era tutto vuoto, ma attorno al bunker vide due o tre soldati, nani ma distintissimi. Anche quelli erano tagliati fuori.

Ripassò dietro il primo cespuglio ed esaminò metro per metro il campo della sua imboscata.

Ecco il ponticello sul canale della centrale elettrica. Scavalcava il canale a una decina di metri dalla sua confluenza col fiume. Subito dopo la confluenza la riva era alta e verticale sul fiume che in quel punto era molto profondo e piuttosto rapido.

Il tenente Goti sarebbe arrivato percorrendo tutto l'arginello che accompagnava il canale da poco oltre la cascata della centrale fino a una trentina di passi dal ponticello presso la confluenza. Tranne per una breve doppia siepe di acacie, verso la metà, l'arginello era tutto scoperto.

Sull'altra sponda del canale c'era tutto un intrico di camminamenti. Come Milton ben sapeva, non era il lavoro recente delle guarnigioni fasciste, ma erano stati scavati per manovra dal reggimento di fanteria di stanza a Marca nella primavera del '40. Sarebbe stato fantastico se i camminamenti si fossero trovati su questa sponda del canale, ma Milton si sarebbe aggiustato ugualmente. Certo che, agli effetti della ritirata, oltre il ponticello non poteva e non doveva appostarsi.

C'erano quaranta gradi all'ombra. Milton si trovò fradicio di tanto sudore quanto mai ne avesse messo fuori in tutta la sua vita.

Le due batterono al campanile della cattedrale.

CAPITOLO VENTUNESIMO

Milton esplorò un'ultima volta intorno poi si calò per la lunga ripa fermandosi nella pioppeta sottostante.

Il tenente Bernardini, inginocchiato nel camminamento di faccia al ponticello, riabbassò la testa e diede del gomito al sergente Balestra.

– Lo vedi bene sotto gli alberi? – bisbigliò. – Ha soltanto la pistola. L'uomo dovrebbe essere nostro.

– L'uomo è nostro, – bisbigliò Balestra.

Poi il tenente fece un cenno al soldato Reggiani che stava a due passi da loro accucciato sul fondo dello scavo. Il soldato si avvicinò carponi a ricevere l'ordine.

– Passa all'altro capo del camminamento. Se si sposta verso la riva lo freghi come vuoi.

Il soldato portando il mitra avanti a braccio teso strisciò dall'altro lato del camminamento.

Milton guardò l'arginello. Nessuno. Esaminò ancora una volta il terreno antistante. Subito fuori della pioppeta si stendeva un prato piuttosto largo con sul lato sinistro un filare di olmi nani. Dopo il prato un tratto incolto con qualche cardo selvatico piantato qua e là. Infine, dirimpetto al ponticello, e a una decina di metri, verso destra, dalla riva del fiume stava un greppio biancastro alto quasi un metro.

Milton decise per quel greppio.

Collaudò la pistola nella fondina, se era bene insaccata e nel contempo facile all'estrazione. Poi riguardò l'arginello. Nessuno. Allora scattò da sotto gli alberi e corse veloce per il prato, rannicchiato e rasente il filare degli olmi. Senza riprender fiato varcò in quattro grandi salti l'incolto, guardando basso al greppio ormai vicino dietro il quale si sarebbe riparato.

Ma sentí un orribile rumore e come se gli strappassero via la spalla sinistra.

Indietreggiò verso destra, con la pistola spianata e gli

occhi annebbiati. Altri proiettili si conficcavano nel suo corpo. La Colt gli era volata via di mano. Qualcuno urlava. Lui non vedeva niente, gli occhi colmi di nero e di rosso. Brancolò verso destra. Risentí urlare, sparare, ma nessun aggiuntivo dolore. Stramazzò. Qualcuno urlava, qualcuno correva verso di lui.

Le sue mani annaspavano nel vuoto. Sgranò gli occhi e vide il fiume sotto di sé, lontanissimo. La sua testa pendeva nel vuoto. Qualcuno correva dalla sua parte. Sporse avanti la testa, piú avanti, e sentí che il corpo la seguiva.

Quando piombò nell'acqua era morto.

Il soldato Reggiani correva pazzamente lungo la riva.

Milton riemerse, Reggiani lo vide e lo rafficò nella schiena affiorante. Milton ricolò giú e il soldato esaurí il caricatore nel punto dove l'aveva visto riaffondare.

Bernardini e Balestra gli arrivarono accanto.

– È sicuramente spacciato?

– State tranquillo, tenente, – rispose Reggiani. – Quello è una carogna stecchita ed annegata.

– Vedetelo laggiú! – gridò Balestra.

Milton era riaffiorato per un attimo, poi si era risommerso nel pieno della corrente principale.

Spallato il mitra, il tenente Bernardini si rivolse verso terra. Controsole vide sull'arginello, poco oltre le acacie, una siluetta nera che riconobbe per il suo amico Giorgio Goti. – Torniamo, – disse ai due soldati. – Vado incontro al tenente Goti. Voi seguiteci a una certa distanza.

Quando Bernardini lo raggiunse sull'arginello, Goti fece uno sforzo enorme per alzare gli occhi a livello dei suoi.

– Tutto fatto e finito.

– Grazie, Nello.

– Sembri tu il morto, – gli disse Bernardini prendendo-

CAPITOLO VENTUNESIMO

lo per un braccio. – Andiamo in fretta a prendere un cognac con ghiaccio.

Goti si lasciava condurre ma piangeva in silenzio.

– Cammina, Giorgo. È terribile ma è la verità. Come volevasi dimostrare.

– Edda, Edda, – diceva Goti. – E diceva di volermi bene. E sapeva che io l'amavo. E conosceva mia madre.

Bernardini gli strinse piú forte il braccio. – Tra un paio d'ore la vedi in caserma.

– No! – gridò Goti rivoltandosi.

Bernardini lo sospinse avanti. – È già partita una squadra per prelevarla a San Quirico. Se non incocciano in partigiani, tra un paio d'ore sono in caserma.

– Ma io non voglio che le facciano del male!

– Troppo tardi. E poi ha quel che si merita.

– Io l'amo lo stesso.

– Complicità in attentato a ufficiale della Guardia Nazionale.

– Io l'amo e tu non lo vuoi capire –. Goti si era divincolato. – Ma come ti sei permesso di mandarla a prelevare?

– Non sono stato io.

– E chi è stato?

– Goti, cerca di essere ragionevole. Questa è stata un'azione speciale. I due uomini che mi sono portato appresso appartengono al gruppo speciale del maggiore Venturi. Ho dovuto farmi appoggiare dal capitano Meroni. Meroni mi ha dato il permesso ma ha voluto parlarne con Venturi e Chiaradia. L'ordine di prelevarla è di Chiaradia.

Goti si coprí gli occhi con una mano. – No, in mano a Chiaradia no!

Bernardini lo trascinò avanti, erano alla fine dell'arginello, la cascata della centrale arrivava a spruzzarli.

Goti si lasciava trascinare e disse ancora: – Edda, il mio amore, in mano a Chiaradia.

I due soldati seguivano a venti passi. Il sergente camminava soppesando e rimirando la Colt di Milton.

– Anche impolverata, hai mai visto niente di piú magnifico?

– Troppo pesante, – rispose il soldato. E poi: – Che jella fottuta che sia finito nel fiume.

– Io preferisco cosí, – disse Balestra. – È come se l'avessimo accoppato due volte.

– Io no, – disse Reggiani. – Se hai visto bene, aveva qualcosa d'oro al polso.

L'ansa a monte del traghetto era ancora mascherata dalla nebbia. Erano le sei di mattina. Appoggiato alla ringhiera dello scafo il barcaiolo considerava il fiume e si diceva che mai a sua memoria il fiume era stato tanto in corpo ai primi di luglio.

Sentí un rumore di ruote sulla sodaglia dell'altra riva e vide all'imbarco un contadino di mezza età su un carretto tirato da un cavallino moro.

Il barcaiolo si staccò e a metà del fiume riconobbe l'uomo per uno dei cascinai che avevano la terra molto oltre la strada provinciale.

– Voi siete il primo che passa di oggi, – gli disse forte a dieci metri dalla riva.

– Nessuno si muove senza necessità di questi tempi, – rispose il contadino.

– E voi perché vi muovete?

– Sfortuna vuole che abbiamo rotto il cinghione della trebbiatrice. Vado di fretta a Neive a prenderne uno nuovo.

– Non ne trovate cinghioni dall'altra parte?

– Solamente a Marca, – disse il contadino, – ma a Marca ci ho fatto la croce fin che dura questa porca guerra.

Il traghetto aveva accostato, il carro montò e l'uomo tirò il freno mentre il barcaiolo si rimetteva ad alare.

– È tutto quieto di là?

– Fino a pochi minuti fa sí, – rispose il contadino.

– Conviene a tutti che noi si trebbi in pace. Perché se noi non trebbiassimo come farebbero questi due a farsi la guerra? Possono battersi perché noi bene o male gli riempiamo la pancia.

Il traghettatore rise. – Parole sante, ma non ditele troppo forte.

– Perché? Ci sono partigiani nelle vicinanze? Io non ne vedo.

– E per un po' non ne vedremo, o ben pochi, – disse il barcaiolo.

– Perché? I fascisti gli hanno dato la batosta?

– Tutt'altro. Vanno in massa su Valla. Pigliano Valla, lo sapete?

Il contadino ci rimase. – Pigliano Valla? Una città grande due volte Marca? Ma sono poi sicuri di pigliarla?

– Loro dicono di sí.

– Ma che ne dirà Mussolini?

– Un po' di pazienza e sentiremo cosa ne dirà. La radio ne parlerà sicuramente.

Alava pigramente ed erano appena a metà del fiume.

Il contadino rifletteva. – Pigliano Valla. Ma sono matti?

– Se non sono matti i partigiani.

Il contadino stava per rispondere qualcosa quando il barcaiolo staccò la mano dal cavo e gliela sbatté sulla spalla. – Guardate là – gridava. – A due braccia dalla vostra riva. Vedete quel che vedo io?

– Cristo santo, un annegato!

Milton galleggiava supino, a due metri dall'altra riva, a quindici dal barcone. Un gorgo lo afferrò e lo fece ruotare dolcemente tre volte. Il barcaiolo era corso a poppa a prendere un arpione, pur sapendo che non l'avrebbe arrivato.

– Che fate? – gridò il contadino.

CAPITOLO VENTIDUESIMO

– Piú niente, – disse il barcaiolo lasciando ricadere l'arpione sul ponte.

Infatti il gorgo aveva rilasciato Milton che ora scendeva veloce e liscio. In quel momento passava sotto il cavo del traghetto.

– C'è ancora una speranza, – disse il barcaiolo. – Che la corrente lo riporti contro riva e lui si impigli in quei vimini.

Il contadino non parlò ma si tirò sugli occhi il cappello di paglia. Dopo un po' chiese: – S'è impigliato?

– No.

L'uomo rialzò il cappello e guardò giú per il fiume. Milton navigava rapido, ora nel pieno della corrente principale. Di lui si vedeva solo piú un tratto di ventre, o di schiena, nel rollío.

– Quello va dritto fino al ponte di Valla, – disse il contadino. – Ci arriverà coi partigiani.

– Macché. Io purtroppo sono pratico. Si fermerà alla chiusa di Bastignole. Si fermano tutti laggiú. Ci arriverà per mezzogiorno.

Il barcone dondolava poco oltre la metà del fiume e il traghettatore non si decideva a rimettersi al cavo. Milton non era piú visibile, e per la distanza e perché laggiú le acque barbagliavano troppo sotto il sole.

– Dove sarà annegato? – domandò il contadino.

– All'altezza di Marca o poco piú a valle.

– E chi sarà stato? Uno di questi che si fanno la guerra?

– Può darsi, – rispose il barcaiolo. – Per quanto mi sia sembrato in borghese.

Anche al contadino era parso in borghese. – Vestito come noi. Non da fascista né come gli inglesi. Chi sarà mai stato?

– Mah, – fece il barcaiolo. – Parte tanta di quella gente

oggigiorno. Ad ogni modo, è uno che non vedrà come andrà a finire.

– Ad ogni modo, il Supremo gli tiene gli occhi addosso, – disse il contadino e il barcaiolo si riappese al cavo.

Nota

Sul finire del 1958 Fenoglio decise improvvisamente di rinunciare al grande romanzo in due parti a cui lavorava da circa quattro anni. Conferí autonomia alla prima parte mediante l'aggiunta di tre capitoli (costruiti su materiali della seconda), in modo che terminasse con la morte del protagonista; le diede un titolo e la consegnò all'editore. *Primavera di bellezza* apparve nelle librerie alla fine di aprile. I lettori avrebbero conosciuto anche la seconda parte del romanzo, ma soltanto nel 1968, quando Lorenzo Mondo la pubblicò da Einaudi col titolo editoriale *Il partigiano Johnny*.

Con la rinuncia al libro unitario diventava inutile dare ai capitoli inediti una sistemazione definitiva (donde le difficoltà incontrate da chi si assunse il compito di pubblicarli e le discussioni che ne sono seguite); ma tutto quel ricco materiale già intensamente elaborato veniva ora a configurarsi, alla mente fervida dello scrittore, come la straordinaria riserva a cui attingere liberamente per altri progetti narrativi. Fu il suo primo pensiero: «la morte di Johnny nel settembre 1943 – scriveva il 10 marzo 1959 a Livio Garzanti – mi libera tutto il campo resistenziale». Già misurato in lungo e in largo nelle pagine della sacrificata seconda parte, questo campo gli si rendeva disponibile in una prospettiva nuova, non condizionata dal taglio scopertamente «autobiografico» della parte licenziata per le stampe.

Tutto il lavoro di Fenoglio nel biennio successivo si

muove in quella direzione. Nella lettera citata, mentre informava il suo editore del piano narrativo scaturito dalla drastica decisione presa da poco, gli confidava di aver «potuto istituire», grazie ad essa, «il personaggio del partigiano Milton, che è un'altra faccia, piú dura, del sentimentale e dello snob Johnny». Cosí «Il nuovo libro, anziché consistere in una cavalcata 1943-1945», si sarebbe concentrato in «un unico episodio, fissato nell'estate del 1944»: in questo egli avrebbe cercato «di far confluire tutti gli elementi e gli aspetti della guerra civile» (non era forse *Racconti della guerra civile* il titolo originario della sua prima raccolta?). E concludeva: «Mentre "Primavera di Bellezza" è libro lineare, in quanto parte da A per giungere a B, il nuovo libro sarà circolare, nel senso che i medesimi personaggi che aprono la vicenda la chiuderanno. | Ancora: mentre in "Primavera di Bellezza" ho cercato di fare romanzo con modi aromanzeschi, nel nuovo libro mi avvarrò di tutti gli schemi ed elementi piú propriamente romanzeschi».

Fenoglio non intendeva riferirsi, come qualcuno ha frainteso, a *Una questione privata*, bensí al romanzo breve che la anticipa di un anno e che qui presentiamo. Gli addetti ai lavori non esiteranno piú che tanto a riconoscere nell'*Imboscata* (titolo impostogli di nostra iniziativa) il testo parzialmente anticipato in rivista da Lorenzo Mondo fin dal '63 (*Frammenti di romanzo*, in «Cratilo» 2, pp. 61-108), poi edito per intiero nel '78, con lo stesso cartellino neutro, tra le *Opere* di Fenoglio (I 3, a cura di M. A. Grignani, pp. 1569-1717). Ma il nuovo nome di battesimo, e l'assetto che riceve in questa sede, intendono dargli il rilievo che fin qui non ha avuto, tanto meno in sede critica, portando a conoscenza dei lettori una delle piú belle prove del Fenoglio narratore. Un romanzo breve che si colloca, come si è detto, tra *Il partigiano Johnny* e *Una questione privata*, alimentandosi del primo e preparando da molto vicino la seconda, ma perfettamente autonomo. Non un ozioso *repêchage* di carte abbandonate, industriosamente ricomposte, ma un libro vitale di cui, fino a tanto che non ne dismise l'idea per l'insorgere di un'altra divenuta a un tratto piú incalzante, lo stesso Fenoglio ebbe a dichiararsi francamente contento. «Ho il piacere di segnalarLe che sono già parecchio avanti nella redazione di questo nuovo libro – aggiungeva nella lettera all'editore del 10 marzo '59 (sicché l'avvio primo sarà da porre agli inizi dello stesso anno) – e che quanto scritto sino ad oggi mi soddisfa, per semplicità e forza. Salvo imprevisti, dovrei proprio essere in grado di consegnarglielo nel 1960». Soddisfazione e previsione ribadite poche settimane dopo (in lettera del 29 marzo al medesimo destinatario): «Con l'occasione Le segnalo che il nuovo libro procede piuttosto bene e si consolidano le mie speranze di poterGlielo affidare nel prossimo '60. O io mi sbaglio di grosso o questo nuovo libro è di molto interesse». E di nuovo il 29 maggio: «Verrò certamente a Milano e presto e non mancherò di preavvisarLa. Avremo cosí campo, se Le interessa, di parlare un po' del mio nuovo libro. Esso procede lentamente ma sicuramente e conto proprio di passarGlielo nel 1960».

Fino a quando Fenoglio portò innanzi questo romanzo? Tra l'agosto e il dicembre 1959 uscirono in rivista *Il padrone paga male* («Il Caffè» 7-8, pp. 18-22) e *Lo scambio dei prigionieri* («Palatina» 12, pp. 40-45), due racconti tolti dai suoi capitoli 10 e 11. La loro divulgazione può essere interpretata in vario modo: quale anticipazione parziale o quale indizio di stralci operati, nel corso della sua elaborazione, per un possibile, benché poco probabile processo riduttivo. Ma può anche dire che già in quell'estate l'abbandono dell'*Imboscata* era cosa decisa. Altri indizi (la presenza, nelle carte del capitolo 11, di lezioni evolute rispetto al testo pubblicato dello *Scambio*) lo sposterebbero un poco in avanti.

Si cita, in proposito, una dichiarazione edita da E. F. Accrocca nel 1960 (che però dovrà essere retrodatata scontando i necessari tempi editoriali), dove Fenoglio parla del suo lavoro intorno a «un romanzo la cui vicenda si svolge in Piemonte nell'estate 1944». È, comunque, dell'8 marzo del '60 una lettera a Livio Garzanti (l'editore si era fatto vivo per chiedere notizie sull'attesa consegna), dove Fenoglio, nel fare il punto esatto della situazione, gli fa sapere che il libro promesso era stato abbandonato già da qualche tempo per un altro progetto, che da quanto ne anticipa riconosciamo come *Una questione privata*: «Avevo già scritto 22 capitoli dei 30 previsti dall'impianto del romanzo e sarei stato in grado di consegnarLe il manoscritto "tra non molti giorni", come Lei scrive. Si trattava di una storia sul tipo di "Primavera di Bellezza", concedente cioè gran parte di sé alla pura rievocazione storica, sia pure ad alto livello. D'improvviso ho mutato idea e linea. Mi saltò in mente una nuova storia, individuale, un intreccio romantico, non già *sullo sfondo* della guerra civile in Italia, ma *nel fitto* di detta guerra. Mi appassionò immediatamente e ancora mi appassiona. Mi appassiona infinitamente di piú della storia primitiva ed è per questo che non ho fatto troppo sacrificio a cestinare i 22 capitoli già scritti».

Libro incompiuto, quindi, *L'imboscata*; ma di struttura salda, con un principio, un corpo e un finale ben definiti. La sua costruzione *circolare*, in cui il piano narrativo principale dà ricetto a una serie di *flash-back*, sarebbe stato certamente in grado di reggere il carico di altri episodi rievocativi, senza che l'aggiunta degli otto capitoli mancanti ai trenta divisati ne potessero alterare l'impianto. Sicché la sua è un'incompiutezza diversa da quella strutturale, organica, di *Una questione privata*. Né riesce di grave pregiudizio alla sua godibilità di lettura la perdita materiale di alcuni fogli del dattiloscritto originale, sia che la lacuna si sia potuta colmare perfettamente (è il caso fortunato delle pagine sottratte dall'autore stesso per pubblicarle come racconti autonomi[1]), sia che, invece, ci si debba aiutare con brevi didascalie di raccordo, ricavabili da un *Piano* di lavoro che ci è stato provvidenzialmente conservato: espedienti non dissimili dalle integrazioni a tratteggio a cui ricorre il restauro scientifico in presenza di porzioni mancanti di un dipinto. Ma per questi, come per gli altri problemi testuali, ci permettiamo di rimandare il lettore interessato alla scheda critica che accompagna l'*Imboscata* nel volume di tutti i *Romanzi e racconti* di Fenoglio, edito da poco nella einaudiana «Biblioteca della Pléiade».

DANTE ISELLA

[1] Oltre al cap. 10, uscito come si è detto su «Il Caffè» nel 1959, i capp. 13-14, pubblicati con il titolo *L'erba brilla al sole* in *Secondo Risorgimento*, Piemonte artistico culturale, Torino 1961, pp. 103-17 («edito in occasione della Mostra di Arti plastiche e figurative dedicata alla Resistenza nell'anno centenario dell'Unità d'Italia») ripreso successivamente in «L'Almanacco dell'Arciere», a cura di Mario Donadei, 5, Edizioni L'Arciere, Cuneo 1982, pp. 134-49 e in «Il Ponte», LV, 6 (giugno) 1999, pp. 108-18, con una nota di Orsetta Innocenti, *Fenoglio e la storia di Maté*.

Va notato che nel testo pubblicato nel 1961 Fenoglio ha introdotto i nomi reali dei luoghi dove si svolgono i fatti narrati, sostituendoli a quelli piú o meno alterati che ricorrono nel romanzo. Per coerenza con le altre pagine è stato quindi necessario reintegrare i toponimi precedenti.

Indice

p. 3	Capitolo primo
16	Capitolo secondo
25	Capitolo terzo
33	Capitolo quarto
42	Capitolo quinto
47	Capitolo sesto
57	Capitolo settimo
62	Capitolo ottavo
71	Capitolo nono
83	Capitolo decimo
93	Capitolo undicesimo
102	Capitolo dodicesimo
108	Capitolo tredicesimo
115	Capitolo quattordicesimo
124	Capitolo quindicesimo
138	Capitolo sedicesimo
142	Capitolo diciassettesimo
152	Capitolo diciottesimo
157	Capitolo diciannovesimo
171	Capitolo ventesimo
187	Capitolo ventunesimo
193	Capitolo ventiduesimo
197	*Nota*

*Stampato per conto della Casa editrice Einaudi
presso Mondadori Printing S.p.A., Stabilimento N.S.M., Cles (Trento)
nel mese di settembre 2001*

C.L. 15308

Edizione									Anno			
1	2	3	4	5	6	7	8		2001	2002	2003	2004